Hitonari Tsuji

L'arbre
du voyageur

Traduit du japonais
par Corinne Atlan

Agnès Calatayud
Douai - Arras
2 janvier 2006

Mercure de France

Titre original :

TABIBITO NO KI

© *Hitonari Tsuji, 1992.*
Publié en français par l'intermédiaire du Bureau
des copyrights français, Tokyo.
© *Mercure de France, 2003, pour la traduction française.*

Hitonari Tsuji est né à Tokyo en 1959. Très connu au Japon comme poète, romancier et réalisateur, il est aussi chanteur de rock. Auteur de plusieurs romans qui ont remporté un immense succès, il est considéré comme un des chefs de file d'une nouvelle génération d'écrivains japonais. Son premier roman, *Le Bouddha blanc*, inspiré de l'histoire de son grand-père, a reçu le prix Femina étranger en 1999.

1

Lorsque nos parents tendrement unis quittèrent ce monde à quelques jours d'intervalle, mon frère aîné n'était pas à mes côtés.

Le mystère de sa disparition occupa mon esprit pendant toute la durée des funérailles. J'avais appelé chez lui à plusieurs reprises mais, dans son appartement vide, le téléphone ne faisait que répéter d'une voix mécanique : « La ligne de votre correspondant a été interrompue à sa demande. »

L'incinération s'acheva donc en l'absence de mon frère, et les cendres de nos parents furent enfermées dans deux urnes qui me semblèrent incroyablement petites. Des amis, et les membres de la famille venus pour l'occasion des préfectures voisines, défilèrent un par un devant moi, avec des regards éloquents comme s'ils s'apprêtaient à me parler de l'absence de mon frère. Mais finalement aucun d'entre eux ne fit la moindre remarque le concernant de près ou de loin. Les réflexions que ces lèvres fermées refusaient de livrer résonnaient néanmoins à mes oreilles : « Ah, il a toujours été cause de problèmes, celui-là... » Tous s'en allaient après m'avoir salué profondément, refoulant au fond d'eux-mêmes leur indignation devant ce fils aîné qui n'assistait même pas à l'enterrement de ses père et mère. Le temps s'écoulait avec monotonie, tandis que je regardais s'éloigner d'un œil indifférent les silhouettes sombres en vêtements de deuil, tout en songeant à mon frère qui vivait quelque part en ce monde, dans l'ignorance de la mort de ses parents.

Il était mon aîné de neuf ans, et il n'y avait jamais eu de véritable complicité entre nous. Une trop grande différence d'âge nous séparait, je voyais bien dans ses yeux qu'il me considérait comme un bébé et qu'il n'y avait pas de place pour moi dans sa vie.

Pour moi, cependant, ce frère plein de maturité était l'objet d'une admiration sans bornes, et c'est à travers lui que je pris conscience de l'existence adulte. Si exagéré que cela puisse paraître, la moindre de ces actions me semblait emblématique de ce que devait être une vie d'homme.

À l'époque où nous vivions sous le même toit, ses paroles et son comportement excentriques, ses actes imprévisibles, ses tenues vestimentaires, sa coupe de cheveux, sa façon de parler, représentaient pour moi l'accès au monde adulte.

Découvrir mon frère, l'étudier, le comprendre, furent des facteurs essentiels pour façonner ma vie encore à l'état d'ébauche. Plus tard, l'existence de ce mystérieux absent, mille fois plus attirante que celle de mes parents, de mes professeurs ou des autres adultes qui m'entouraient, m'aida à donner un sens à mon existence, au même titre que les œuvres d'André Gide ou de Jean Grenier dans lesquelles le lycéen que j'étais aimait à se plonger.

Sa grande taille — il mesurait un mètre quatre-vingt-cinq — lui valut d'être connu très tôt dans le quartier où nous habitions comme l'adolescent au physique le plus imposant. Il faisait du rugby à l'époque, si bien qu'on le remarquait également au lycée et, je ne sais pas s'il était populaire ou non, mais toujours est-il que tout le monde le connaissait de nom. Je m'entendais souvent dire par les gens que je rencontrais pour la première fois :

« Ah, tu es le petit frère de Yûji ? » et, au fond de moi, j'en ressentais une immense fierté. Sous ces regards insistants qui décelaient une ressemblance entre nous, peut-être que ma croissance s'accélérait, tant était vif le désir de me rapprocher de mon frère aîné.

« Il a été très vite sevré », affirmait souvent ma mère à son propos.

J'aimais entendre parler de la petite enfance de Yûji, et je restais silencieux dans mon coin pour mieux écouter ce qui se disait. J'appréciais surtout l'histoire des fugues qu'il faisait quand il n'était encore qu'un écolier.

Un beau jour, peu après son entrée en primaire, il avait tranquillement quitté la maison. « L'école, ça ne lui a jamais beaucoup plu », disait ma mère avec un sourire fataliste. Mon frère était donc parti sur un coup de tête, sans que rien laissât deviner cette intention. Ces escapades se renouvelèrent. Parfois il ne rentrait pas de toute une journée, voire deux. Au début, mon père et ma mère crurent devenir fous. Dans la petite maison de fonction où nous vivions alors, les allées et venues de policiers et de membres de la famille se succédaient, tandis que l'on se demandait avec inquiétude si Yûji avait été enlevé ou victime d'un accident.

Puis, au milieu du tourbillon qui bouleversait toute la maisonnée, le principal intéressé revenait sans crier gare, l'air aussi étonné que si toute cette agitation ne le concernait en rien, si bien que mon père et ma mère affolés, incapables de le gronder, pleuraient toutes les larmes de leur corps en le retrouvant. Mon frère s'y prenait toujours de cette manière pour manipuler nos parents au cœur tendre.

La fugue la plus intéressante, celle que je ne me lassais pas d'entendre raconter par ma mère, avait duré deux semaines, et eut lieu à l'automne, alors que Yûji était en dernière année de primaire. Cette affaire peu banale — un écolier partant seul en voyage deux semaines durant — avait attiré l'attention des médias, et ses rebondissements firent un temps les délices du public. L'errance de Yûji s'acheva finalement à Oshiyamambe dans le Hokkaido, mais la question qui passionna tout le monde fut de comprendre quel itinéraire il avait bien pu suivre pour se retrouver, en partant de Kôfu, préfecture de Yamanashi, où nous habitions, dans la ville d'Oshiyamambe, à mille kilomètres au nord. Les gendarmes locaux l'avaient interpellé, alors qu'il marchait d'un pas vacillant sur la grand-route grise qui traversait la ville. Il lui restait à peine cinquante yens en poche, et il n'avait rien mangé depuis plusieurs jours. Le gendarme chargé de le surveiller raconta qu'il répétait le numéro de téléphone de son domicile, comme un prisonnier répétant son matricule. Il refusa obstinément de répondre aux nombreuses questions qu'on lui posa — pourquoi, comment il était parvenu jusqu'ici —, se contentant de secouer la tête en silence. Le lendemain matin, quand il revit mes parents arrivés par le premier avion, il garda les yeux obstinément fixés sur les pieds des adultes avec un air d'ennui qui contrastait profondément avec l'affolement parental.

Par la suite non plus, il ne dévoila jamais les mobiles de ces fugues répétées. Il semblait attendre en silence le moment propice à sa prochaine fuite. L'année de son entrée au lycée, cependant, cette tendance au vagabondage disparut brutalement. Mes parents jugèrent qu'il devenait plus raisonnable en grandissant, et se complurent à cette idée qui les rassurait, toute illusoire et sans preuve qu'elle fût. J'entendis un jour mon père faire à ma mère cette réflexion dénuée de tout fondement : « C'est un adulte maintenant, il n'y aura plus de problèmes. »

Mais moi, je savais : dès cette époque, mon frère avait décidé de quitter définitivement la maison. Son regard devenait plus dur de jour en jour. Quand il était perdu dans ses pensées, il avait l'expression peu banale de quelqu'un qui vient de prendre une résolution d'une importance cruciale. J'ignorais ce qu'il cherchait exactement, mais il était clair qu'il avait décidé de quitter sa famille à jamais.

Si je le comprenais aussi bien, c'est parce que j'étais le seul à avoir le loisir de l'observer de si près, d'un regard froid et équitable. Il me semble que c'est à cette époque que je fis mes premiers pas en tant que témoin privilégié de mon frère.

Yûji ne se faisait-il pas de la famille une idée différente de celle que les gens en ont d'ordinaire ? Je ne saurais l'affirmer, mais je crois bien qu'il méprisait ce regroupement disparate que l'on a coutume de nommer « foyer ». À cette époque, la famille n'était pas pour lui un groupe de personne unies par les liens du sang, mais plutôt des passagers montés par hasard sur le même navire.

Je me rappelle l'avoir entendu de sa bouche.

« Dans cette société, toi et moi nous sommes frères mais... », me déclara-t-il soudain un jour où nous nous trouvions tous les deux au salon, comme cela nous arrivait parfois. C'était un soir d'été et les rayons du couchant teignaient l'intérieur de la pièce d'un rouge presque anormalement vif. Le visage de mon frère, illuminé de lueurs orangées, paraissait tout droit sorti d'un film d'épouvante.

« ... c'est une grossière erreur », poursuivit-il.

L'honneur qu'il me faisait en s'adressant à moi et le contenu de ses paroles comblèrent instantanément un vide dans ma tête et, pendant quelques secondes, mon cœur se mit à battre violemment. Cette déclaration, qui avait à la fois des allures de confession et de nouvelle théorie énoncée par un savant au cours d'une réunion scientifique, était empreinte d'une puissante conviction. Moi qui n'étais encore qu'un écolier, je restai debout, immobile devant l'énorme réfrigérateur ancien qui trônait dans le living, livré sans défense au regard froid de prophète de mon frère aîné. Il poursuivit d'un ton égal, en choisissant soigneusement ses mots, sans aucun changement d'expression :

« Toi et moi, nous sommes liés par le sang, c'est certain. On se ressemble physiquement, c'est vrai, on nous le dit souvent. Il est normal que nos apparences extérieures se ressemblent, puisqu'on a le même ADN. »

Son visage semblait fondre sous les lueurs du couchant. Je posai une main sur le dossier de ma chaise, et déglutis.

« Pourtant, même si nous sommes frères du point de vue de la génétique, pour ce qui est de l'âme, nous sommes des étrangers. Tu comprends ? Le corps physique, ce n'est qu'une demeure d'emprunt... »

À l'époque, il venait d'entrer à l'université. L'enfant que j'étais eut beau réfléchir intensément pour saisir le sens de ses paroles, comment aurais-je pu les comprendre ?

Tandis que je fixais d'un air décontenancé la fente de ses yeux étroits allongés en amande, il haussa les épaules et laissa échapper un bref soupir.

16

« Autrement dit, je te parle de métempsycose. »

Cette voix mâle, dotée d'une certaine force de persuasion, me rendit honteux de ma voix fluette de garçonnet.

« Mé... métempsycose ?

— Oui. Rappelle-toi ce mot-là. Le moment viendra où tu comprendras, toi aussi. »

Sur quoi, Yûji passa les quinze brèves minutes qui nous restaient, avant le retour de ma mère des courses, à m'expliquer en quoi consistait, selon lui, la métempsycose.

« Tout d'abord, imagine l'âme et le corps comme deux choses séparées. Le corps est l'embarcation qui nous relie à la Terre. Une barque, ça a une durée d'utilisation limitée : quand elle est complètement usée, c'est la mort... Mais l'âme, elle, ne meurt pas. Elle passe simplement de corps en corps.... C'est ça, la métempsycose. »

La voix basse et virile de mon frère résonnait dans ma boîte crânienne.

« Par exemple, dans une vie précédente, j'ai très bien pu être la femme qui a mis notre père au monde, et toi et moi, au lieu d'être frères, nous étions peut-être des amants. Ou plutôt non, des ennemis. Ça te paraît drôle ? C'est la réalité, pourtant. C'est le genre de choses qui se produit au niveau de l'âme. Homme dans une vie, j'ai été femme dans une autre. Je suis asiatique, mais j'ai peut-être été un Blanc, je suis humain, mais j'ai pu être un animal, un insecte. »

Je ne sais ni par qui ni quand il avait entendu parler de cette théorie, mais, visiblement, il y croyait dur comme fer. Je serrai fermement les lèvres pour réprimer le rire qui montait en moi.

« Autrement dit, toi et moi, nous sommes frères sur le plan physique, mais sur le plan de l'âme nous sommes des étrangers. Nous sommes juste des passagers embarqués par hasard sur le même navire. »

À ce moment, la voix aiguë de ma mère résonna dans l'entrée : « Me voilà ! », et mon frère, changeant soudain d'expression, comme s'il se réveillait d'une hypnose, quitta le salon. Une des phrases qu'il avait prononcées, « nous sommes des étrangers », s'attarda longuement dans mon esprit et ne cessa de me tourmenter.

Au moment où j'entrai enfin dans le clan des « grands », c'est-à-dire en classe supérieure de primaire, mon frère quitta naturellement la demeure familiale. Quand l'argent venait à lui manquer, il revenait, paraît-il, sans rien dire à personne, guettant les moments où ma mère était seule, mais pour ma part, à partir de cette époque, je ne le revis plus.

Embarquant sur un autre navire, il était parti

vers une destination inconnue, mais sa terrible phrase — « nous sommes des étrangers » — restait gravée en moi. Mon adolescence s'écoula, non pas dans le tumulte de la révolte, mais à essayer de retrouver une existence que mon aîné avait oblitérée par ces mots. Je fréquentais les bibliothèques, je cherchais à retrouver la trace exacte du chemin qu'il avait parcouru. D'étranges idées me traversaient l'esprit à cette époque, et il m'arriva même de proférer à voix basse des phrases telles que : « Je voudrais mourir. » Cependant, au moment de mon entrée au collège, j'avais moi aussi compris, du moins en partie, ce que mon frère avait voulu me dire.

Finalement, n'étions-nous pas tous des étrangers les uns pour les autres ?...

Au printemps de ma première année d'études secondaires, il y a six ou sept ans de cela, je crus avoir résolu l'énigme que Yûji m'avait laissée en partant.

Un jour, en rentrant du collège, je le croisai par hasard dans le vestibule. Il s'apprêtait à quitter la maison — il avait dû venir emprunter de l'argent à ma mère. Je ne l'avais pas revu depuis des années mais cela ne m'empêcha pas, l'excitation d'avoir enfin résolu l'énigme aidant, de crier, en direction de son dos, comme si je reprenais une conversation datant de la veille :

« Yûji, j'ai compris ! J'ai compris ce que tu voulais dire, tu sais, quand tu prétendais que nous étions des étrangers. »

Mon frère resta figé quelques secondes sur la terre battue de l'entrée avant de se retourner, fixant sur moi un regard plein de mépris. Qu'avais-je bien pu comprendre ? Quand j'y songe maintenant, cela me paraît un amas de pensées brumeuses, d'une opacité à faire honte. En tout cas, une chose est certaine : l'éclair de compréhension qui me traversa alors, je l'ai perdu aujourd'hui.

« J'ai compris pourquoi tu fuguais si souvent. Quand tu étais à l'école primaire, tu te rappelles ? En fait, tu voulais retrouver des gens avec qui tu étais lié au niveau de l'âme... Tu voulais sûrement remonter le fil de souvenirs de tes vies passées qui sont effacés maintenant. »

Yûji quitta la maison sans me répondre. Il partit comme s'il me méprisait. Peut-être ne se rappelait-il même plus notre conversation d'autrefois sur la métempsycose. Il était parti sans le moindre changement d'expression, sans une once de pitié pour ce frère cadet qui se mettait soudain à lui débiter des absurdités. À nouveau, je me retrouvai seul derrière cette porte, qui venait de claquer avec un son désagréable.

Des mois et des jours se sont à nouveau écoulés. Je suis à présent sur le point d'entamer ma deuxième année d'université. Yûji doit avoir vingt-huit ans, mais je ne l'ai pas revu depuis la dernière fois. Cette fois-là, d'ailleurs, nous nous étions à peine croisés une minute, deux tout au plus, si bien que je suis devenu incapable de me rappeler en détail les traits de son visage. Il me semble qu'il avait les cheveux coupés très court lors de cette rencontre, et en même temps il me semble qu'il avait une queue-de-cheval. Je crois bien qu'il portait des lunettes, et aussi qu'il lui manquait une dent. Mais c'est comme si tous les détails étaient masqués par une impression générale de flou. J'ignore quelles pensées occupent son esprit maintenant. Un auteur a écrit quelque part que l'homme était un animal changeant, et je me demande jusqu'où ont progressé les changements de l'âme de mon frère.

Il a téléphoné une fois, il y a deux ans de cela, afin de donner ses coordonnées et son numéro de compte en banque pour l'envoi de la pension que lui versaient mes parents, mais ce fut un appel très bref. Il parlait sur un ton administratif, et lorsque mes parents essayèrent d'engager la conversation plus avant, il coupa court habilement et raccrocha.

« Quel ennui, un fils pareil », murmura mon

père, d'un ton désespéré, le regard fixé sur le dos de ma mère prête à fondre en larmes.

Ce soir-là, on parla peu à la maison, comme d'habitude, et chacun évita les regards des autres. Ensuite, Yûji ne donna plus signe de vie. Il disparut totalement de notre existence.

2

Un dimanche après-midi, un peu plus d'une semaine après les funérailles de nos parents, je me rendis à l'appartement de Yûji. Au fond de moi, quelque chose me freinait, et au moment d'y aller j'eus du mal à me décider. Pourtant, il fallait bien que je retrouve mon frère pour lui apprendre la mort de nos parents. Repoussant mes mauvais pressentiments, je me levai sans entrain.

« Tu es vraiment son frère cadet ? » me demanda le gérant de l'agence immobilière tout en introduisant la clé dans la serrure de l'appartement. Au bout de ses doigts, le trousseau étincela un instant dans les rayons de soleil.

Pris au dépourvu, je ne répondis rien. L'homme ajouta avec un rire étouffé en se tournant vers moi sans cesser de manipuler la poignée de la porte :

« C'est que tu ne lui ressembles pas beaucoup. »

Ce n'était pas la première fois qu'on me le disait, mais je me sentis décontenancé, peut-être parce que je n'avais pas entendu cette remarque depuis longtemps. Je n'aurais su préciser quand exactement, mais à partir d'un certain moment les gens avaient arrêté de me dire que je ressemblais à mon frère. Au fur et à mesure de ma croissance, mon visage avait cessé peu à peu d'être la copie du sien.

Tout en me frottant le menton de la paume, je scrutai l'intérieur du studio plongé dans la pénombre. Pendant un long moment, l'atmosphère humide qui stagnait dans la pièce me piqua les narines. J'avais l'impression d'avoir soulevé inopinément le couvercle d'une machine à laver contenant les sous-vêtements de mon frère. L'appartement, aux fenêtres fermées par d'épais rideaux, était sombre et froid au point de faire oublier l'exceptionnelle chaleur qui régnait au-dehors en ce mois de mars. L'agent immobilier et moi restâmes un moment figés dans l'entrée, à contempler l'intérieur de cet antre obscur qui évoquait un abri antiaérien.

Il n'y avait pratiquement pas de meubles, en dehors d'un lit, d'une table et de quelques étagères murales, et tout était si bien rangé qu'on pouvait douter que ce studio ait été réellement habité. Les couleurs fanées évoquaient la photo du lieu d'un crime, commis plusieurs dizaines d'années auparavant.

Je continuai à scruter attentivement la pièce, quand l'agent immobilier me tendit la clé avec une rudesse à la mesure de son désir de s'éloigner de là au plus vite.

« Bon, que vous lui ressembliez ou non, à votre frère, c'est bien que vous soyez venu. Parce qu'il me devait quatre mois de loyer. Si vous pouviez me payer, ça m'arrangerait. Après quoi, je lui serai reconnaissant de libérer l'appartement le plus vite possible. C'est qu'il n'a pas très bonne réputation dans le quartier, votre frère... »

Il poursuivit par des explications concernant la procédure pour régler les loyers en retard, mais ses paroles ne faisaient que traverser mes oreilles, tant j'étais sous le choc d'avoir pu enfin jeter un coup d'œil sur l'endroit où vivait Yûji.

« Entendu. Je ferai un virement d'ici peu. Mais si c'est possible, je souhaiterais habiter ici jusqu'à la fin du mois, cela me permettrait de chercher mon frère plus facilement. »

J'aurais sans doute facilement gagné la sympathie de l'homme en lui faisant part de la mort soudaine de nos parents, mais je décidai de passer cet événement sous silence. Un instant déconcerté par ma demande, pinçant les lèvres, mon interlocuteur marmonna quelque chose entre ses dents, puis finit par hocher la tête :

« Bah, pourquoi pas, vous êtes son frère après tout. Ça doit être ennuyeux pour vous, de ne pas savoir où il est. En revanche, que vous le retrouviez ou non, je vous demande de rester seulement jusqu'à la fin du mois, pas un jour de plus. Et de laisser le studio vide et propre en partant. »

On entendait jouer du piano quelque part. Les notes irrégulières, comme si un enfant apprenait ses gammes, caressaient nos oreilles. Il me sembla prendre conscience d'une sorte de trou noir dans le temps, un lieu où tout sombrait dans l'oubli.

Reprenant mes esprits, j'interpellai l'agent immobilier qui commençait à s'en aller :

« Euh, excusez-moi ! »

Il s'arrêta, se retourna.

« Mon frère, comment était-il au juste ?... C'est-à-dire... Vous avez dit qu'il avait mauvaise réputation, ça me tracasse. »

Un courant d'air me chatouilla, tandis que je regardai à nouveau par la porte entrouverte. L'homme se gratta la tête avec un sourire forcé. Il avait l'air embarrassé que je veuille savoir quel genre de vie menait mon frère, et souffla longuement par le nez avant de prendre la parole :

« Il était plutôt lugubre. On ne savait jamais ce qu'il pensait. Je suis désolé de vous dire ça, mais il me donnait l'impression de cacher quelque chose, comme quelqu'un qui a des activités répréhensibles. Quand je le saluais, il m'ignorait, ou peut-être qu'il croyait me dire bonjour aussi, mais en tout cas, quand il venait me porter le loyer, il posait une enveloppe pleine d'argent liquide sur mon bureau sans un mot. Il aurait pu dire au moins : "Tenez, voilà le loyer", je ne sais pas, moi, il n'est pas muet tout de même.... Et tout le reste à l'avenant. Voilà comment il est, votre frère. »

Je scrutai les traits de l'agent immobilier, qui semblait passablement en colère, et lui demandai à voix basse s'il savait autre chose.

« Pas plus que ce que je viens de vous dire, mais les autres locataires, il en ont vu des vertes et des pas mûres. Il se mettait à hurler en pleine nuit, ou à errer dans le quartier en pyjama comme un somnambule, paraît-il. Il a toujours été bizarre comme ça ? »

Je voulus protester mais j'en avais si gros sur le cœur que je me contentai de détourner les yeux et de regarder mes pieds sans rien dire. Il y eut un petit silence, que l'agent immobilier finit par rompre en parlant très vite, comme si le temps lui manquait :

« Je ne veux pas de problème, surtout, hein, insista-t-il... Faites attention à bien fermer la porte, et veillez aux risques d'incendie. »

Debout sur le palier, je le regardai s'éloigner, puis pénétrai dans le studio et refermai la porte derrière moi.

La lumière qui filtrait entre les rideaux formait des motifs étranges sur le plancher, conférant à la pièce plongée dans la pénombre une atmosphère étrangement mystérieuse.

J'ôtai mes chaussures, avançai avec précaution sur le parquet qui grinçait à chaque pas. J'allai jusqu'à la fenêtre, ouvris les rideaux de velours. Lorsque la lumière du soleil pénétra d'un coup dans la pièce, un voile blanc s'étendit devant mes yeux. La poussière des rideaux m'enveloppa comme une rafale de neige, étincelant dans les rayons du soleil. En me retournant, je vis les traces de mes pas se découper nettement par terre comme sur un sol durci par le givre.

Tout en inspirant à pleins poumons l'odeur rémanente de la présence de mon frère, je fis lentement le tour de la pièce. Chacun de mes gestes s'accompagnait d'une impression de flottement, comme si je parcourais l'intérieur de l'esprit de mon frère. Le froid du plancher s'infiltrait dans mes talons. Fouler la couche de poussière qui couvrait le sol, indiquant l'absence de toute allée et venue depuis des mois, m'emplissait d'une crainte sacrée, il me semblait marcher sur un tapis de neige vierge.

Les flocons blancs s'étaient accumulés avec régularité sur les étagères, la table, le bord de la fenêtre, sur la marmite en fonte où mon frère cuisait sans doute son riz, sur le robinet, sur la brosse à dents tombée dans le lavabo, et sur le parapluie dressé dans l'entrée à côté du meuble à chaussures.

Je passai lentement l'index sur une étagère. C'était clair, il n'avait pas remis les pieds ici depuis des mois. Où pouvait-il bien être ? Au milieu de cette pièce sombre et étroite qui évoquait un repaire de malfaiteur, je poussai un bref soupir.

Sur la tranche des livres alignés sur les étagères, je découvris des noms d'auteurs étrangers dont je n'avais jamais entendu parler. Parmi eux, je reconnus seulement Jung et Freud. Tous ces écrits semblaient traiter du même sujet : il s'agissait d'ouvrages de psychologie et de psychiatrie aux titres compliqués.

Les lectures de mon frère m'intéressaient, mais je craignais d'être incapable de les comprendre. Je retirai néanmoins quelques volumes des étagères, et me mis à les feuilleter. Certains passages étaient soulignés, des notes et des flèches nerveusement tracées emplissaient les marges. Tandis que je feuilletais ainsi les livres au hasard l'un après l'autre, une photo tombée de l'un d'eux vint atterrir à mes pieds. C'était une photo de femme.

Immédiatement, je la trouvai belle. Ses grands yeux noirs m'impressionnèrent particulièrement. Même imprimés sur papier sensible, ils semblaient réfléchir la lumière, comme des lacs profonds et transparents. Je m'interrogeai sur le lien que mon frère pouvait avoir avec cette femme, mais il me parut peu probable qu'elle fût sa maîtresse. Il était grand et à première vue plutôt beau, mais n'avait jamais eu beaucoup de succès auprès des jolies femmes et, de manière générale, manquait de chance avec la gent féminine. Il serait sans doute exagéré de parler à son sujet d'un physique quelconque, mais de toute façon les femmes se montraient peu sensibles à son charme. Je me demandais même s'il avait jamais eu une véritable liaison. Pour ma part, en tout cas, je ne lui connaissais aucune relation suivie.

Ma mère avait coutume de soupirer : « Si seulement il pouvait se trouver rapidement une petite amie... » Elle comptait sans doute sur l'amour pour transformer son caractère. Yûji, qui aimait s'entourer de mystère, avait peut-être eu deux ou trois amies sur lesquelles il avait gardé le secret, cependant, même en admettant que par le plus grand des hasards il se fût métamorphosé en play-boy, la fille de la photo ne semblait pas du tout lui correspondre.

Machinalement, je retournai le cliché. Un nom

était inscrit au dos : *Hisami Shinoda*. En reconnaissant l'écriture de Yûji, je me sentis envahi de nostalgie. Il avait aussi noté une adresse, à grands traits hâtifs et difficiles à déchiffrer.

Je mis le portrait dans la poche de ma veste, tout en murmurant « Hisami Shinoda... » d'un air songeur, tel un détective privé en pleine enquête.

De toute évidence, je détenais un premier indice.

3

Tel un détective, ou encore un cambrioleur
dont le regard s'est accoutumé à l'obscurité, je
passai toute la pièce au peigne fin à la recherche
d'indices supplémentaires. Plus le temps passait,
plus se précisait l'impression que mon frère était
là, quelque part, en train de m'observer.

J'étais en lui. À l'intérieur de lui, sans aucun
doute. Ces murs, ce plafond, ce sol, qui me séparaient du monde, m'avaient précipité dans un
autre univers : le sien. Entre ces quatre murs, je le
sentais tout près de moi, je respirais sa présence
comme un souffle ténu.

Je trouvai des tickets de concert datant du 20
septembre de l'année précédant sa disparition.
Sur le calendrier accroché à la porte des toilettes,
quelques dates étaient entourées de ronds rouges
vers la mi-février, puis à la date du 3 mars, il était
inscrit « exécution du projet ». Dans un des
tiroirs de son bureau, je découvris un sac en plastique empli d'un assortiment de pilules : roses,

rouges, blanches, bleues. Si c'était des somnifères, il y avait de quoi mourir plus de dix fois. Dans la corbeille à papiers je trouvai une lettre froissée. Elle portait ces mots, rédigés au crayon : « Je ne peux plus attendre davantage. Je ne suis pas aussi patient que tu crois. » La boîte à lettres de l'entrée, quant à elle, contenait un avis de passage des services du gaz, des publicités électorales, le menu d'un restaurant de sushis du voisinage, et une carte postale sans indication d'expéditeur. Elle représentait un temple de Kyoto et les mots griffonnés dessus d'une écriture féminine disaient : « J'étais fatiguée de travailler, j'ai pris quelques jours de congé, que je passe à Kyoto. » Je mis également la main sur un billet de train super-express non utilisé (un aller simple jusqu'à Nagoya réservé pour le 6 mars), un bon de retrait de vêtements chez le teinturier, un trousseau de clés, un guide de France, un plan de Paris (le nom d'une avenue, CLICHY, était souligné en rouge), une bible à la couverture déchirée, un cheval en peluche avec un œil en moins, ainsi que d'innombrables tickets de péage d'autoroute.

Mais ce qui me surprit le plus fut les dizaines de taches noirâtres au fond de la baignoire, et le tee-shirt maculé de sang jeté dans le panier de linge sale. Cette découverte fit battre violemment mon cœur comme si tout le sang de mon corps y avait instantanément afflué. Un sinistre pressentiment m'envahit. Qu'était-il donc arrivé à mon frère ? S'était-il suicidé ? Était-il compromis dans une histoire de meurtre ? Des suppositions diverses se succédèrent rapidement dans ma tête. De sinistres images me tinrent prisonnier un long moment, m'empêchant même de bouger.

En réfléchissant plus calmement, je me dis qu'il y avait de fortes chances pour que pareilles conclusions soient prématurées. Mon frère avait pu avoir un étourdissement et saigner du nez, ou se cogner quelque part et se blesser. Il y avait mille explications possibles à ces taches de sang.

Cependant, j'avais beau essayer de raisonner, mes battements de cœur ne s'apaisaient pas. Sans doute mû par le désir de nier que Yûji ait pu se trouver mêlé à un incident violent, je fourrai le tee-shirt souillé dans un sac en papier que je cachai sous l'évier, en un geste presque inconscient.

Je restai debout, figé au milieu de la pièce, sentant mon sang circuler en moi, tandis que je me remémorais des bribes de souvenirs assez anciens.

Les premières images que j'avais de mon frère aîné étaient assez floues, mais je le revoyais très nettement me menacer de mort.

Il n'était peut-être pas sérieux. Il voulait peut-être juste s'amuser. Mais moi qui n'avais que cinq ans à l'époque, je suis sûr d'avoir senti alors un véritable désir de meurtre chez lui.

Il était dans son bain, serrant un cutter dans sa main droite... Il s'en était servi pour s'entailler le pouce gauche. Un sang rouge avait aussitôt suinté de la blessure. Il avait appuyé à la base de son pouce, pour augmenter le flot au lieu de l'endiguer, et les perles rouges et brillantes, coulant le long de son doigt, s'étaient mises à goutter sur le sol de carrelage blanc.

Sans que la vue du sang paraisse l'étonner le moins du monde, mon frère, chose incroyable, s'était mis à l'observer avec l'expression distante d'un savant absorbé par l'étude.

À cet instant même — à l'instant où il avait léché le bout de son doigt ensanglanté —, j'avais pris peur et m'étais mis à faire du bruit. Yûji s'était alors retourné (c'est là que j'avais lu un désir de meurtre sur son visage) et m'avait attiré vers la baignoire sur laquelle je me penchais pour regarder. Brandissant le cutter sous mes yeux, il avait grondé : « Si tu parles, je te tue ! » J'avais pris cette menace très au sérieux. Son regard avait un éclat tranchant comme une lame, et en même temps légèrement brouillé. Il m'avait relâché aussitôt, mais à partir de ce moment-là il m'inspira une peur latente, dont j'avais du mal à appréhender la nature réelle.

Quelles pensées avaient pu traverser l'esprit du collégien que Yûji était alors, à la vue de son propre sang ? Il me semble aujourd'hui comprendre tant soit peu ce qui se passait en lui. Naturellement il s'agit d'une simple supposition en tant qu'observateur, mais ne voulait-il pas vérifier par ce geste que le même sang coulait dans ses veines et dans celles des autres ? J'avais beau être petit à l'époque, le soulagement qui émanait de son profil penché sur sa blessure n'échappa pas à mon attention. Sans aucun doute, le liquide vermeil qui s'échappait abondamment de son pouce lui donnait l'assurance d'être bel et bien vivant.

Une autre fois, alors que je venais d'entrer à l'école primaire, il revint un jour à la maison couvert de sang. Je me souviens bien de son tee-shirt plein de taches, de son visage rouge et enflé, et de la dent de devant qui lui manquait. Je le croisai dans le couloir alors qu'il entrait discrètement par la porte arrière. « Qu'est-ce qui t'arrive, tu es blessé ? » m'étais-je écrié, mais mon frère avait seulement murmuré en tordant ses lèvres ensanglantées dans un rictus : « Combat mortel. »

Il évitait mon regard. Ses yeux pochés le faisaient ressembler à un fantôme de bande dessinée.

« Combat mortel ? » répétai-je sans comprendre. Yûji me repoussa mais me lança rapidement à l'oreille avant de disparaître dans la salle de bains :

« On a fait semblant de s'entretuer. »

Un de mes camarades de classe qui habitait dans le voisinage m'affirma avoir été témoin d'une terrible empoignade entre plusieurs garçons réunis en cercle dans un parking à l'arrière du cours privé, et avoir vu mon frère parmi eux. Ce n'était pas une bagarre, avait dit mon camarade, ni un exercice de lutte. Cette fois-là encore, Yûji ne cherchait-il pas simplement à s'assurer qu'il était vivant ?

Il ne faudrait pas en conclure pour autant qu'il était violent et assoiffé de sang. D'ordinaire — en tout cas à l'époque où nous vivions sous le même toit —, il était plutôt taciturne et affichait une attitude adulte et raisonnable, avec une placidité d'herbivore, s'abstenant même d'écraser le plus petit insecte.

Les incidents que je viens de relater sont sans doute restés d'autant plus vifs dans ma mémoire qu'ils étaient rares, et ne représentaient qu'une facette parmi d'autres de la personnalité de mon frère.

Le tee-shirt ensanglanté et les traces dans la baignoire signifiaient-ils que cette facette était réapparue des années plus tard, à l'âge de vingt-huit ans ?

Tout en réfléchissant à cela, j'attendis que s'apaise l'émotion suscitée en moi par la vue de ces taches de sang. Les yeux fixés sur les rayons de soleil qui traversaient les vitres, j'écoutais les battements de mon cœur.

Lorsque j'ouvris la fenêtre, un vent froid s'engouffra à l'intérieur de la pièce. La chair de poule me saisit. Il me sembla que l'esprit de mon frère, tel un oiseau en cage soudain libéré, venait de prendre son envol vers le ciel à cet instant précis. Ensuite, j'entrepris un ménage en règle du studio. Je passai la serpillière partout, puis consacrai un long moment à aménager ce lieu où j'allais vivre quelque temps.

Le téléphone était coupé, mais l'électricité, le gaz et l'eau fonctionnaient normalement.

Je voulais retrouver Yûji rapidement, si possible avant la fin des vacances de printemps, début avril. Je ne savais pas si je parviendrais longtemps à joindre les deux bouts avec l'héritage que m'avaient laissé mes parents, et de toute façon mon frère, en tant que fils aîné, ne pouvait rester dans l'ignorance de leur mort. Il y avait plusieurs questions à régler, notamment celle de leur tombe et de l'entreprise que nous léguait mon père.

Il y avait des tas de problèmes matériels dont nous devions nous entretenir. Ces questions pouvaient avoir un retentissement direct sur la poursuite de mes études universitaires mais, étrangement, dans un coin de mon cœur, j'espérais ne pas retrouver Yûji.

C'est donc à demi par devoir que je cherchais à retrouver sa trace, mais il me semblait que plus j'essayais de me rapprocher de lui, plus il s'éloignait, plus ses contours se brouillaient. Depuis quand cette espèce de force magnétique était-elle née entre lui et moi ? Nous étions pareils à deux aimants se repoussant mutuellement.

Mais peut-être ne faisais-je rien d'autre que poursuivre un mirage dans le désert ?

4

Le soir commençait à tomber lorsque j'arrivai
devant l'appartement de Hisami Shinoda, la fille
dont j'avais trouvé la photo chez mon frère. Elle
habitait à deux stations de métro de chez lui.

Ce quartier tranquille avait dû échapper aux
destructions de la guerre, et donnait une impression décalée, hors du temps ; des ambassades
étrangères et des restaurants de cuisine euro-
péenne s'élevaient au milieu de résidences
luxueuses dissimulées derrière le rideau d'arbres
qui bordait l'avenue. Les rayons de soleil de ce
printemps hâtif, filtrant entre des feuillages incli-
nés par le vent, me picotaient les yeux. Debout
en bas de l'escalier de pierre menant à l'immeuble
où habitait Hisami Shinoda, je comparai l'adresse
notée derrière la photo avec le numéro du bloc
puis me retournai pour jeter un coup d'œil à la
rue en pente que je venais de gravir et au ciel qui
la surplombait. À l'ouest, un nuage en forme de
cheval défilait doucement.

« L'âme des hommes et des animaux qui sont morts ce jour-là voyagent sur les nuages pour se rendre au paradis. »

Je ne me rappelle plus qui m'avait raconté cela quand j'étais enfant, mais chaque fois que la forme des nuées m'évoquait quelque chose de précis, cela me revenait en mémoire. Un cheval de brume galopait dans la plaine bleue du ciel, se laissant peu à peu absorber par le cosmos. Comme si l'âme d'un coursier qui n'avait peut-être même pas encore conscience d'être mort s'élevait déjà vers le paradis, à travers toutes les gradations de l'éther.

Je restai longtemps à contempler le ciel, avec le sentiment d'être absent de ma propre existence, ridiculement ténue. Au moment où le nuage disparut derrière les immeubles d'en face, un soupir m'échappa.

Je me tournai à nouveau vers l'escalier et commençai à gravir les marches d'un pas décidé. J'avais un étrange sentiment de vertige, comme si je me trouvais à l'intérieur d'un de ces dessins d'Escher aux perspectives tortueuses. Cette impression était sans doute due à l'inclinaison du terrain, soit que l'immeuble ait été construit à l'origine sur une pente, soit que la surabondance de constructions alentour au cours des années ait été cause d'un léger affaissement. Je me demandai un instant ce que je faisais là, mais cette pensée m'avait à peine traversé l'esprit qu'elle disparut, comme emportée par une vague balayant le sable du rivage.

Une fois en haut des escaliers, je passai sous un porche couvert de lierre, puis appuyai sur le bouton numéro 201, situé à côté d'une plaque au nom de SHINODA. J'eus beau sonner plusieurs fois au grand interphone métallique face aux boîtes à lettres, pareil à ceux qu'on voit dans les films étrangers, je n'obtins aucune réponse. Je jetai un coup d'œil dans la boîte et, y découvrant du courrier, conclut à l'absence de l'occupante des lieux.

Je décidai d'attendre, dans ce quartier où je me trouvais pour la première fois et où je n'avais rien de particulier à faire, le retour de Hisami Shinoda. Je me sentais un peu triste et seul, mais il n'y avait pas d'autre solution. Hisami Shinoda serait-elle semblable à sa photo ? Réagirait-elle avec sympathie quand je lui dirais le nom de mon frère ? Je ne pouvais espérer que les choses se déroulent facilement et conformément à mon attente. Je m'assis en haut des marches et me mis à observer pour passer le temps les voitures qui descendaient l'avenue, et les Noirs à la démarche élégante qui se dirigeaient probablement vers une ambassade du quartier.

C'était un crépuscule paisible, dans lequel tout paraissait fondre. Aucun bruit ne venait me déranger, je n'entendais même pas un chant d'oiseau. Seul le bruissement du vent dans les feuilles venait par moments me caresser les oreilles. Je levai la tête, regardai deux nuages s'en aller côte à côte vers l'ouest. Un instant, il me sembla qu'ils avaient la forme de mon père et de ma mère endormis. À la seconde même où cette pensée me traversa, un souffle passa sur mon cœur vide. Il me sembla dire un dernier adieu à des amis qui avaient vécu près de moi pendant dix-neuf ans, mais je n'éprouvai aucune émotion violente, ni même douloureuse. Certes, un sentiment inhabituel, impossible à décrire, avait pris possession de mon esprit et me contrôlait entièrement, mais c'était là une émotion différente du chagrin. Devoir me séparer à jamais de mes parents avait peut-être tout simplement annihilé toute vie en moi.

Mes parents, discrets et trop bons, n'étaient plus. Comme une page que l'on tourne, ils avaient disparu l'un et l'autre de ce monde. Leurs corps, devenus fumée puis nuage, flottaient désormais de l'autre côté du ciel. Si ce que m'avait dit mon frère autrefois était juste, leurs âmes avaient dû commencer leur voyage vers l'au-delà. Seule demeurait dans ce monde l'irréelle vérité de leur absence.

Deux jours après que ma mère eut succombé brusquement à une maladie pulmonaire dont elle souffrait depuis plusieurs années, mon père était mort à son tour dans un accident de voiture. La rumeur courait parmi les membres de notre famille qu'il s'agissait en fait d'un suicide, tant était profonde la dépression dans laquelle il avait sombré la nuit de la disparition de son épouse.

Pour ma part, je ne tirais aucune conclusion. Pendant les funérailles, je m'étais simplement dit, comme s'il s'agissait pour moi de parfaits étrangers, qu'il valait probablement mieux, pour ces deux êtres unis par une immense tendresse, disparaître ensemble. À y réfléchir maintenant, les larmes que j'avais versées à leurs funérailles étaient sans doute feintes. C'était moi qui conduisais les cérémonies et je ne pouvais garder l'air indifférent en des circonstances aussi douloureuses. Inconsciemment, j'avais joué la comédie du fils malheureux, alors qu'en réalité mon cœur était vide.

Je ne parvenais pas à définir la véritable nature du sentiment de néant, ou plutôt d'impuissance, qui continuait à m'accabler. Simplement, l'isolement sans raison qui s'était emparé de moi aussitôt après la mort de mes parents me rendait étranger à moi-même et agissait comme un anesthésique. On aurait pu me tailler le cœur en pièces, je n'aurais ressenti aucune douleur.

Mon existence se réduisait à cette ombre falote qui attendait, assise sur une marche glacée, l'arrivée d'une femme peut-être liée à mon frère disparu. Soudain seul au monde, drapeau sans couleurs abandonné au gré du vent, je continuais à flotter dans une solitude lointaine et irréelle. Rechercher mon frère était sans doute la seule chose qui me rattachait encore à la réalité.

Les deux nuages qui avaient évoqué pour moi mes parents disparurent bientôt aux confins du ciel rougi par le couchant. Je ne pensais à rien. Je n'avais pas envie de penser. Longtemps après que le ciel eut complètement absorbé les deux nuages, je continuai à fixer la ligne de l'horizon, immobile, clignant à peine des paupières de temps à autre.

J'étais là depuis deux heures environ, quand quelqu'un commença à gravir lentement la côte complètement noyée dans l'obscurité. Étrangement, j'eus tout de suite la certitude qu'il s'agissait de Hisami Shinoda. J'attendis avec anxiété qu'elle entrât dans mon champ de vision ; au moment où le réverbère en bas de l'escalier éclaira son visage, mon intuition se vérifia.

En chair et en os, elle ne faisait pas la même

impression qu'en photo. C'était bien le même visage mais sans la douce innocence qui caractérisait le cliché. À la lueur blafarde du néon, le visage de Hisami Shinoda, avec ses longs sourcils nerveux dessinant une mince courbe sous un front large, était celui d'une beauté froide, inaccessible.

Je me levai lentement, sentant le sang recommencer à circuler dans mes membres. Après un instant d'hésitation, je me décidai à lui adresser la parole :

« Vous êtes mademoiselle Hisami Shinoda ? »

Ma voix se perdit dans les ténèbres, sans qu'aucune réponse vînt lui faire écho. La jeune femme avait levé un regard perçant et plein de méfiance vers l'inconnu qui venait brusquement de se dresser dans le noir, lui barrant la route. Tout en époussetant mon jean, je fis un pas dans sa direction, et me présentai :

« Je suis le frère cadet de Yûji Takaku. »

Son léger changement d'expression ne m'échappa pas, mais je fus incapable de déterminer s'il s'agissait d'un mouvement de sympathie ou d'une autre émotion. La seule chose qui me parut certaine fut qu'elle connaissait bien mon frère. Ce que me confirma aussitôt le son de sa voix, quand elle rétorqua enfin :

« Le frère de Yûji ? »

Sans aucun doute, il était plus pour elle qu'une simple relation, puisqu'elle l'appelait par son prénom. Du point de vue de l'observateur que je voulais être, mon intérêt pour la relation qu'il entretenait avec cette femme ne fit que s'accroître.

« Alors Yûji avait un frère ? » murmura-t-elle, debout quelques marches au-dessous de moi, levant la tête pour inspecter mon visage de bas en haut.

Ses grandes prunelles noires, brillant comme des cristaux dans le blanc de ses yeux, réfléchissaient la lumière du réverbère. Son visage était parfaitement lisse, tel un bibelot de verre transparent. Par contraste, son nez, ses oreilles et sa bouche paraissaient minuscules, et un équilibre harmonieux entre ces différents traits conférait à l'ensemble de son visage la beauté d'une œuvre d'art créée par Dieu. Le cœur battant violemment, mais dissimulant mon émotion, je fis un autre pas vers elle.

« J'ai neuf ans de moins que lui, mais je suis son frère légitime. »

Était-ce à cause de l'expression « frère légitime » ou du ton un peu pompeux que j'avais employé ? Toujours est-il qu'elle se mit à rire. Je me glissai aussitôt dans l'interstice que m'offrait le relâchement de sa méfiance, et entrepris de lui expliquer aussi clairement et rapidement que possible pourquoi je me trouvais ici à l'attendre. Pour finir, je tirai de la poche de ma veste le cliché découvert chez Yûji, le lui montrai et ajoutai que c'était ainsi que j'avais trouvé son adresse.

Elle prit la photo, l'examina à la lumière du réverbère, et poussa un léger soupir.

5

Nous étions assis côte à côte sur une balançoire dans le parc de jeux situé en bas de la côte. Les fleurs de cerisier en boutons demeuraient immobiles sous le vent glacé de la nuit. On avait beau être en mars, le printemps était encore loin, et les étoiles, du haut du ciel, jetaient un éclat froid.

« Tu ne lui ressembles pas », dit Hisami Shinoda, en appuyant le bout de ses pieds par terre pour imprimer un léger mouvement à la balançoire.

À chaque oscillation, un grincement métallique résonnait tristement dans cet espace artificiel. Sous la jupe serrée, une lueur blanche semblait émaner de ses deux jambes fines, comme si elles étaient enduites de peinture phosphorescente.

« Ah bon ? Avant, tout le monde disait qu'on se ressemblait... Mais ça fait longtemps que je ne l'ai pas vu, il a dû changer. J'ai du mal à imaginer comment il est maintenant. »

Un sourire aux lèvres, la jeune femme tendit en avant ses deux jambes serrées l'une contre l'autre pour prendre de l'élan.

« On est si différent que ça ? » insistai-je.

C'était la deuxième fois de la journée qu'on me disait que je ne ressemblais pas à Yûji et, je ne sais pourquoi, cela accéléra violemment les battements de mon cœur. Le profil de Hisami Shinoda, tandis qu'elle se balançait, me fit penser à celui d'une lycéenne se moquant d'un garçon plus jeune qu'elle.

« Vous ne vous ressemblez pas du tout, mais alors pas du tout. »

Les yeux toujours fixés sur le profil de la jeune femme qui semblait prête à éclater de rire, je répliquai, soudain vexé :

« Comment ça, pas du tout ?

— On dirait deux étrangers. »

J'eus envie de hurler : « C'est impossible, puisque c'est mon frère ! » En réalité, dévoré par l'envie de savoir pourquoi je ressemblais si peu à Yûji, je me tournai vers Hisami d'un air suppliant. Je sentais mon cœur dévasté par l'étrange sentiment de solitude et d'abandon qui m'envahissait, enfant, quand on me disait que je ne ressemblais pas à mon frère.

À l'époque où Yûji vivait encore à la maison, ma mère aimait organiser de grandes réunions de famille à l'occasion du nouvel an ou de la fête des Morts. J'étais encore petit, je crois bien que je n'étais pas entré en primaire. Une de mes tantes maternelles, originaire du Hokkaido, nous avait distribué un peu d'argent de poche. Elle venait de déposer la même quantité de pièces dans nos paumes tendues quand, examinant nos visages à tour de rôle, elle déclara devant tout le monde en riant : « Ils ne se ressemblent pas du tout, ces deux-là, on ne dirait jamais qu'ils sont frères ! » Cette remarque était dénuée de toute mauvaise intention, j'étais déjà assez grand pour m'en rendre compte, pourtant, elle me déchira le cœur. À l'époque, où que nous allions, mon frère et moi, tout le monde s'extasiait en chœur sur notre ressemblance frappante, si bien que j'étais non seulement fier de ressembler à mon aîné mais en même temps je tenais cela pour normal. La phrase inconsidérée de ma tante me causa donc un choc violent.

À la suite de cet incident, je me mis à imiter la coupe de cheveux de Yûji, à étudier sa façon de parler et ses gestes, craignant que quelqu'un pointe à nouveau du doigt notre différence. Les efforts désespérés auxquels je me livrai alors en valaient la peine car, par la suite, plus personne ne nous fit remarquer, du moins aussi directement que ma tante, que nous ne nous ressemblions pas.

Comme je restai muré dans mon silence, Hisami Shinoda finit par me demander en élevant légèrement la voix :

« Dis-moi, depuis quand ne l'as-tu pas revu, Yûji ?

— Voyons, ça doit faire combien d'années maintenant... »

Je penchai la tête, essayant de me rappeler à quand remontait ma dernière rencontre avec mon frère. Cela devait bien faire dix ans, si l'on exceptait notre brève rencontre dans l'entrée de la maison, quand j'étais au collège.

« Euh... dix ans, répondis-je après avoir compté sur mes doigts.

— Dix ans ? C'est long, hein ? » fit-elle en hochant la tête comme pour se convaincre elle-même. Puis elle leva les yeux pour contempler le ciel nocturne. Un nuage cacha soudain la lune, le parc s'assombrit un peu plus. Au loin, un chien aboya, on aurait dit le hurlement d'un loup. Dans cette aire de jeu déserte, l'espace artificiel qui s'étendait devant nos yeux ressemblait à un décor de cinéma. Nous étions pareils à deux acteurs en train d'interpréter maladroitement une scène pour un feuilleton télévisé. Nous répétions telles quelles les phrases écrites dans le scénario. Mais il manquait à l'ensemble le sens de la réalité.

« Si tu ne l'as pas vu depuis dix ans, tu le trouverais changé, c'est sûr. Le Yûji d'aujourd'hui est totalement différent de celui d'il y a dix ans... C'est normal que tu ne lui ressembles plus. »

Ces dix années s'étaient écoulées si rapidement ! C'était surprenant. Je revoyais Yûji quitter la maison, comme si cela s'était passé la veille. La scène était gravée dans mon esprit.

« Pourtant, quand j'étais à la maternelle, tout le monde, sans exception, disait qu'on se ressemblait, Yûji et moi. »

Hisami Shinoda se mit à rire en voyant avec quelle énergie je me raccrochais à cette idée. Son rire résonna dans le parc désert. Je me sentis rougir, et me tus.

Je ne pouvais imaginer mon frère maintenant. Le visage que je lui avais connu venait de trop loin. À l'époque, il avait une petite frange sur le front. Aujourd'hui, il aurait pu avoir des enfants. Il portait peut-être la barbe, était devenu gros et avait un double menton. Ou bien il avait laissé pousser ses cheveux, ils étaient mal soignés, tout emmêlés, qui sait ? Je n'étais pas sûr que j'aurais su le reconnaître si je l'avais croisé dans la rue.

Dix ans. En effet, il y avait de grandes probabilités pour que mon frère ne fût plus du tout celui que j'avais connu. Tout en faisant osciller la balançoire, je regrettai de ne pas avoir apporté de photo de lui.

Nous nous balançâmes un moment en silence, tentant en vain de nous soustraire à la force de gravité qui maintenait nos âmes attachées à la Terre. Des grincements métalliques, imitant les sons d'un violon désaccordé, résonnaient dans le parc.

« Et comment est-il maintenant ? demandai-je en posant les pieds par terre pour arrêter la balançoire et en me tournant vers Hisami Shinoda.

— Je ne l'ai pas connu avant, je ne peux pas te dire en quoi il est différent. »

Elle aussi avait reposé les pieds à terre et s'était immobilisée. Tournée vers moi, elle me fixait d'un air grave.

« En fait, ça fait six mois que je ne l'ai pas vu. Il a disparu de ma vie à moi aussi. »

Ses sourcils, agités de petits soubresauts, se rapprochaient nerveusement.

« Tu l'ignores sans doute mais Yûji, c'était mon petit ami. Nous avons vécu ensemble. Moi, j'avais envie de rester avec lui. Et pourtant, il y a six mois... Non, en fait, ça doit faire quatre mois, il a disparu brusquement. Sans prévenir. Au début, je me suis vraiment inquiétée, je me suis demandé s'il n'avait pas été victime d'un sortilège. »

Elle me regardait fixement et parlait d'un ton sincère, quoique en réprimant son émotion. Ses yeux, où se concentrait l'éclat de toutes les étoiles, lançaient des éclairs anxieux.

Ainsi mon frère et cette fille étaient amants. Cette nouvelle inattendue ébranla mon esprit.

« Mais ensuite, poursuivit Hisami Shinoda, quand j'ai repris mon sang-froid, j'ai compris : Yûji voulait s'éloigner de moi, tout simplement. Je l'aimais, mais ce n'était pas réciproque, et il me trouvait collante. Il a dû se mettre à me détester. Une gamine comme moi, ça devait être un boulet pour lui. C'est la première fois que j'aimais vraiment quelqu'un, il a dû se sentir gêné. Disparaître brusquement, sans explication, ça lui ressemble bien, comme façon de se séparer. »

J'avais l'impression qu'elle exprimait exactement les sentiments que j'avais moi-même ressentis à l'égard de mon frère. Elle s'interrompit, et détourna le regard vers le sol. Un brouillard d'incertitude s'étendit sur mon cœur. La déception de voir s'effondrer brutalement mon seul indice était grande, mais plus grande encore celle d'apprendre la nature de la relation qui unissait Yûji à Hisami Shinoda.

La façon dont elle avait parlé de lui — « Yûji, c'était mon petit ami... Nous avons vécu ensemble... Je l'aimais, mais ce n'était pas réciproque » —, son évidente passion pour lui, bouleversaient totalement l'image que j'avais gardée de mon frère.

Qu'est-ce qui avait pu la rendre amoureuse à ce point ? Tout un pan de la personnalité de Yûji m'échappait. Ce charme viril qui avait tant plu à Hisami, était-ce quelque chose du même ordre que l'admiration sans bornes que j'éprouvais pour lui, enfant ? Je contemplais Hisami en essayant d'imaginer l'effet que les années écoulées avaient pu produire sur mon aîné.

« Il est comme ça, Yûji. Ce n'est pas son genre de venir m'expliquer en détail pourquoi il a cessé de m'aimer. »

Les larges prunelles étaient humides comme la surface d'un lac. À chaque battement de cils de ces yeux lumineux, mon cœur devenait plus prisonnier encore.

Il me sembla que la température s'était élevée de quelques degrés. Le sang circulait plus vite dans mes veines, mon cœur s'était mis à battre à grands coups. À mon insu, le désir d'aimer cette femme comme mon frère l'avait aimée était né en moi.

Ainsi, Yûji avait embrassé ces lèvres fines et délicates, glissé sa langue dans cette bouche, tenu entre ses paumes ce visage pareil à un fruit du Sud pas encore tout à fait mûr, son souffle avait caressé les pavillons de ces oreilles, il avait mordillé ces lobes, ses doigts avaient couru dans ces

56

douces boucles brunes, ils avait contemplé ce visage de si près que leurs cils se touchaient...

Oubliant un instant mon frère, je me perdis dans la contemplation de cette jeune femme un peu plus âgée que moi.

Dans le jardin désert, seul un souffle de vent faisait parfois trembler les branches des arbres, avec un bruissement léger et triste. J'avais l'impression que le temps s'était arrêté.

Je fus soudain assailli par l'illusion de ne plus faire qu'un avec cette femme, par l'intermédiaire de mon frère.

« Alors tu vas continuer à chercher Yûji partout dans cette ville ? »

Elle plongeait elle aussi son regard au fond du mien, sans chercher à l'éviter, à tel point que c'était moi qui, gêné, ne savait plus où poser les yeux. Honteux à l'idée qu'elle ait pu deviner les pensées impures dissimulées dans mon esprit, je clignais plusieurs fois des paupières, puis finis par détourner la tête.

« Oui... C'est mon intention.

— Où habites-tu ? »

Mon cœur se mit à battre à coups redoublés : son visage s'était rapproché du mien.

« Chez Yûji. »

Je lui expliquai que le gérant m'avait autorisé à occuper le studio jusqu'à la fin du mois.

Hisami Shinoda hocha la tête avec un petit « hmm » puis ajouta :

« Ce serait bien que tu le retrouves le plus vite possible, alors. »

Cependant, son expression restait lointaine, comme si elle avait l'esprit ailleurs.

Nous parlâmes encore un peu, de choses et d'autres, sans grand rapport avec la disparition de Yûji, puis je la raccompagnai jusque chez elle.

Au moment de nous quitter, elle m'indiqua, à moi qui n'avait plus le moindre indice, le nom d'un magasin de plantes où, dit-elle, Yûji avait travaillé trois années durant : le Jardin d'Éden.

« Le Jardin d'Éden ? murmurai-je tout en grimpant les marches de l'escalier menant chez elle.

— C'est un drôle de nom, mais ça lui allait bien de travailler là-bas. »

Nous échangeâmes un sourire.

Du haut de l'escalier, la lune paraissait suspendue juste au-dessus du toit de son immeuble. Nous restâmes un moment à contempler l'astre étincelant, épaule contre épaule comme deux amoureux.

« Qu'est-ce que tu fais demain ? » demanda-t-elle soudain en se tournant vers moi.

L'odeur de shampoing de ses cheveux me chatouilla un instant les narines.

« Je n'ai rien décidé de précis, mais je pense que j'irai faire un tour à ce Jardin d'Éden dans la matinée. »

Elle hocha la tête. Peut-être cet orphelin de dix-neuf ans, à la recherche de son frère, avait-il éveillé sa pitié ?

« Si on déjeunait ensemble après ? » proposa-t-elle.

Nous échangeâmes encore quelques phrases anodines en regardant la lune disparaître peu à peu derrière un nuage puis, quand on ne la vit plus du tout, nous nous séparâmes en nous souhaitant bonne nuit.

6

Le lendemain matin, je me rendis à la boutique de fleurs indiquée par Hisami. Elle était située à proximité de la gare de Shibuya, sur les toits d'un grand magasin, divisé en deux bâtiments, A et B, reliés par une passerelle aérienne. Là-haut, on se serait cru sur le pont d'un porte-avion, tant le ciel semblait extraordinairement vaste. À peine avait-on mis le pied sur le toit, une fois sorti de l'étroite petite cabine d'ascenseur, qu'on se perdait dans un véritable paradis inondé de soleil.

Une main en visière pour me protéger de la luminosité intense, j'avançais, enveloppé par le bleu du ciel. À la différence du monde d'en bas où régnait un assourdissant vacarme, ici, c'était presque désert. Les lieux devaient être plus animés en été, car des chaises de brasserie étaient disposées çà et là, autour de tables rondes que surplombaient des parasols agités par le vent d'automne, dans une ambiance de plage peu en accord avec la saison. Juste à côté était installée une estrade destinée à un orchestre qui jouait pour la clientèle — sûrement des groupes d'employés de bureau imbibés de bière. Tout était usé, la peinture écaillée, les planches de contreplaqué trouées, on aurait dit une scène de fortune destinée à une troupe de comédiens ambulants. Debout au milieu du toit du bâtiment A, aux bords protégés par une barrière d'environ trois mètres de haut, je jetai un coup d'œil circulaire sur les environs. Les sommets des gratte-ciel que je voyais pointer au-dessus du garde-fou en levant le menton évoquaient une masse de champignons ayant poussé brusquement après la pluie. Les édifices étaient complètement dépourvus de l'air imposant qu'ils avaient lorsque je les regardais d'en bas, en marchant au milieu de la foule. Ça ressemble bien à Yûji de travailler dans un endroit pareil, me dis-je, tout en prenant conscience que le temps s'écoulait à une extrême vitesse.

Le Jardin d'Éden était une construction en polystyrène installée juste au pied de l'énorme colonne publicitaire du grand magasin. C'était le seul magasin digne de ce nom sur le toit du bâtiment A ; dehors, devant l'entrée, des plantes tropicales en pot abandonnaient leurs palmes à la caresse du vent et du soleil.

« Yûji ? Yûji Takaku? Vous êtes son frère? »
s'exclama le quadragénaire de petite taille qui se
présenta comme le gérant du magasin. Revêtu
d'un tablier sous lequel on apercevait une che-
mise blanche et une cravate, il continua tout
en parlant à inspecter les feuillages de plantes
d'appartement, auxquelles il prêtait une attention
plus soutenue qu'à ma personne. Tout en tâtant
du bout des doigts un palmier des Canaries un
peu jauni, il claqua de la langue à plusieurs
reprises, puis nota quelque chose dans un registre.
Tout en épiant ses réactions, je lui expliquai les
circonstances de ma visite — la mort de mes
parents, l'absence de toute nouvelle de mon
frère — et lui demandai s'il savait où je pourrais
joindre ce dernier.

Il me répondit par une formule de politesse
banale, sans manifester davantage d'émotions
qu'une plante :

« C'est un événement bien triste en effet... »

Mais de toute évidence, voir ses bégonias et ses
poinsettias se faner l'attristait plus que la mort de
mes parents.

« Les coordonnées de Yûji... Hmm. En effet,
il a travaillé trois ans chez nous, mais c'était une
personnalité étrange, il ne parlait pas beaucoup. »

Sur ce, l'homme émit une sorte de reniflement, et parut feuilleter les pages de ses souvenirs.

« Il y a six mois environ, il m'a annoncé brusquement qu'il voulait arrêter de travailler. Je ne lui ai pas spécialement demandé pourquoi, et il ne m'a donné aucune raison précise non plus. Je ne suis pas du genre à me mêler de la vie privée de mes employés. Qu'il ait commis un crime, qu'il soit entré dans une secte, que ce soit un pervers sexuel ou qu'il ait obtenu le prix Nobel de la paix, moi, vous savez... Du moment qu'il arrive à l'heure et qu'il arrose les plantes comme il faut, il est reçu à l'examen. Travailler ici, vous savez, c'est presque le paradis. *Almost heaven.* Le ciel est vaste, on a du temps libre, il n'y a rien à redire. »

Au fond du magasin, qui avait la forme d'une vaste serre en plastique, était installée une table de fortune à côté de laquelle un jeune homme, assis sur une chaise, lisait un livre. Je l'avais d'abord pris pour un client mais, en écoutant parler le patron, j'avais compris qu'il s'agissait du nouvel employé, le remplaçant de mon frère. D'ailleurs, il portait également un tablier. Remarquant la direction de mon regard, le gérant mit son registre sous son bras et jeta lui aussi un coup d'œil vers le jeune homme.

« Ah, mais oui. Lui, il saura peut-être quelque chose. »

Il héla le jeune homme d'un sonore : « Hé, Yasuda ! »

L'intéressé referma aussitôt l'épais volume dans lequel il était plongé, et leva un regard indolent vers nous.

« Dis, tu étais plutôt en bons termes avec Yûji, toi ? Tu ne connais pas son adresse ? Son frère le cherche. »

Le regard de Yasuda s'était d'abord assombri mais, l'instant d'après, il posait son livre sur la table, se levait et s'inclinait pour me saluer. Intimidé, mais encouragé par son salut, j'esquissai à mon tour une courbette.

Le patron accorda un quart d'heure au jeune homme pour discuter avec moi en dehors du magasin. Nous étions à peine sortis que Yasuda me glissait à l'oreille :

« Ça va, le magasin n'est pas très animé, je n'ai jamais rien à faire à cette heure-ci, je lis ou je bois un café. Tuer le temps, ça fait partie de mon travail. Je me demande comment elle fait pour marcher, cette boutique. »

Puis il ajouta :

« Je connais plusieurs endroits où ton frère aimait aller. Tu veux y faire un tour pour voir ? »

Il semblait avoir environ le même âge que moi, et donnait l'impression d'être plutôt introverti. Cependant, après m'avoir fait cette aimable proposition, il m'entraîna avec lui sans même attendre la réponse.

Le vent emmêlait violemment nos cheveux et le dessus ébouriffé de nos têtes ne tarda pas à ressembler à un plat d'algues cuites dans de la sauce de soja [1]. On ne s'en rendait pas compte tout de suite, mais ce toit était directement exposé non seulement aux rayons du soleil, mais aussi à la force des courants atmosphériques.

Yasuda marchait devant moi : son dos rond donnait une impression de morne accablement, et on entrevoyait son slip entre les déchirures de son jean. Il tira un paquet de cigarettes de la poche de son tablier, s'arrêta pour l'allumer sur la passerelle qui reliait les deux toits, jeta l'allumette en direction du monde d'en bas. Était-ce pour vérifier la trajectoire de sa chute ? Il s'approcha rapidement de la passerelle vitrée, pencha un peu le buste pour regarder au-dessous, et se mit à crier comme un enfant :

« Hé, regarde le carrefour en bas ! »

J'obéis et jetai à mon tour un coup d'œil sur le carrefour où la foule se croisait en désordre.

« Yûji aussi, il aimait bien s'arrêter ici et regarder en bas. "Regarde-les tous se presser d'aller travailler !", voilà ce qu'il disait d'un ton nonchalant,

---

1. Ce plat populaire au Japon a un aspect noirâtre dû à un mélange d'algues et de sauce de soja épaisse. *(N.d.T.)*

avant de souffler la fumée de sa cigarette, comme ça. Quand on se tient debout ici, on éprouve des sensations que même les dieux ne connaissent pas. C'est merveilleux, non ? Quand on a goûté ça une fois, on n'a plus envie de redescendre parmi ceux d'en bas. »

Je regardai mon compagnon éclater de rire, cigarette au bec, le regard fixé vers le monde en contrebas. Ses cheveux emmêlés semblaient avoir poussé n'importe comment. Yûji lui aussi se moquait-il de la sorte de la foule ordinaire des travailleurs ? Chaque fois que la silhouette de mon frère se superposait à celle de Yasuda, je ressentais un pincement au cœur.

« Il n'y a pas beaucoup de gens sur le toit du grand magasin, hein ? Les clients montent jusqu'au cinquième, mais à partir du sixième et du septième, je ne sais pas pourquoi, leur nombre diminue. Bah, on n'y peut rien, s'il n'y a que des rayons sans intérêt en haut, comme les meubles ou l'électricité. »

Yasuda inspira une profonde bouffée de sa cigarette, puis recracha la fumée depuis le fond de ses poumons.

« Personne ne monte jusqu'ici, malgré l'existence de ces toits merveilleux. Moi j'adore cet endroit. On peut s'y prélasser comme on veut, et l'air est plus pur qu'en bas. Les êtres humains ont toujours aimé les lieux élevés. Yûji et moi, en un sens, on a décroché de la société, on ne peut plus vivre au rythme de ceux d'en dessous. Même si le salaire n'est pas terrible, c'est une chance pour nous, un travail comme celui du magasin de botanique. On peut lire, regarder le ciel, parler aux plantes, se promener tant qu'on veut sur les toits. Tu ne trouves pas ça paradisiaque ? »

Il s'était remis à marcher, puis se retourna vers moi pour quêter mon assentiment.

« Mais si c'était si merveilleux, pourquoi Yûji a-t-il quitté ce travail ? » demandai-je, haussant la voix et m'adressant au dos de Yasuda, à quelques pas devant moi. Il secoua la tête :

« Ça, je n'en sais rien. »

Rien dans le ton froid de sa réponse n'indiquait si, vraiment, il ignorait tout des raisons de Yûji ou s'il n'y avait tout simplement pas réfléchi.

Il s'arrêta devant un énorme manège de chevaux de bois, installé dans un coin du toit du bâtiment B, qui semblait arrêté depuis longtemps.

« Regarde ! Fantastique, non ? De vrais chevaux de bois. Autrefois j'adorais ça, les manèges. Tu sais, ceux qu'on voit dans les vieux films américains à la télé. Celui-ci est cassé maintenant, mais jusqu'à l'année dernière il fonctionnait encore. Il tournait en grinçant, avec une musique d'une autre époque. Ton frère aussi, il aimait bien venir ici, et il insistait auprès des employés avec qui il était devenu ami pour qu'ils le laissent monter gratuitement après la fermeture du grand magasin. C'est fantastique, tu sais, le manège tourne et en même temps les chevaux montent et descendent, avec beaucoup de grâce. »

Un sourire au coin des lèvres, Yasuda continuait à parler, perdu dans son extase. Je ne pouvais que l'écouter en silence. J'essayais d'imaginer Yûji sur ces chevaux de bois, mais maintenant qu'ils ne tournaient plus, ce n'était plus que de gros jouets, témoins d'un passé nostalgique et révolu. Yasuda, debout à côté de moi, les yeux brillants, fixait toujours le manège.

« Euh... Mon frère ne t'a rien dit quand il a quitté son travail? Sur les raisons qui le poussaient à le faire? »

Yasuda semblait n'avoir aucunement conscience de ma présence à ses côtés, mais il finit cependant par lâcher, en secouant la tête :

« Voyons, qu'est-ce qu'il a bien pu dire... »

Je contemplai d'un air découragé le monde qui s'étendait autour de moi. Avec un peu d'imagination, l'alignement de gratte-ciel, au bout du toit entouré d'un grillage élevé, évoquait les sommets érodés autour du Grand Canyon.

C'était un panorama complètement différent

de celui des crêtes qui encadraient Kôfu, auquel j'étais habitué. Un nombre incalculable de gens travaillaient dans ces montagnes de béton, tandis que moi, je tuais le temps sans faire grand-chose. Ce panorama de sommets de gratte-ciel qui s'étendaient à l'infini me donnait l'impression de dominer le monde comme un dieu.

« Quand on a goûté ça une fois, on n'a plus envie de redescendre parmi ceux d'en bas... »

Les mots prononcés par Yasuda me revinrent soudain à l'esprit. Il avait peut-être raison. Travailler dans un tel environnement, ce n'était pas rien. Je comprenais le sentiment de mon compagnon, son désir de ne plus s'éloigner de cet endroit. Mais mon frère, lui, pourquoi l'avait-il quitté ? Peut-être quelque chose l'avait-il obligé à le faire ?...

Je levai la tête : le soleil s'apprêtait à dépasser le sommet des buildings. Je fixai un moment les yeux sur le disque éblouissant, en maintenant mes paupières ouvertes de force. Je sentis soudain mon champ de vision se fondre en un halo blanc, et fus saisi par l'illusion que mon âme se séparait de mon corps.

« Hé ! »

La voix de Yasuda qui m'appelait me fit revenir à moi. Je le croyais toujours planté devant le manège mais il avait changé de place et, debout devant une sorte d'appentis, agitait la main vers moi. Je clignai des yeux pendant quelques secondes, attendant que le monde reprenne ses couleurs normales, puis me dirigeai vers lui.

« Je voulais te montrer ces poissons tropicaux », dit-il en s'engouffrant sans m'attendre à l'intérieur de la construction.

Décidément, il semblait ne plus se soucier le moins du monde de ce qu'avait pu devenir mon frère. Désespéré, je le suivis dans le magasin, encombré de réservoirs vitrés éclairés par des lumières bleutées évoquant le fond de l'océan. Dans cette ambiance d'aquarium, je me sentis entraîné dans un autre monde.

« Regarde ça. Ce sont des poissons-chats transparents. On voit toutes leurs arêtes! Et même leurs entrailles. On dirait des squelettes qui nagent, non? Yûji aimait venir regarder ces poissons, il s'accroupissait là et restait des heures à les observer. Il existe des montres comme ça, tu sais, où on voit le mécanisme en transparence. Là, c'est pareil, sauf qu'il s'agit d'êtres vivants. Ton frère aimait bien tout ce qui était d'ordre mystique, étrange. »

« Mystique. » Je me répétai ce mot intérieurement, et me plongeai à nouveau dans la contemplation des poissons. Réunis en un petit banc d'une dizaine de têtes, ils étaient immobiles au centre le l'aquarium, tous tournés dans la même direction, leurs queues et leurs nageoires dorsales agitées d'infimes mouvements. Je ne trouvai aucune beauté à cette immobilité, qui me paraissait au contraire aussi inquiétante qu'une escadrille d'hélicoptères de l'armée américaine postée en plein ciel.

J'étais incapable de percer le mystère des pensées qui agitaient Yasuda, et de comprendre pourquoi il riait tout seul en observant les poissons. Dans la vitre de l'aquarium, je vis nettement, trois fois de suite, le visage de mon frère se substituer au sien.

« C'est beau, non ? »

Toujours captivé par le spectacle, Yasuda quêtait mon approbation. Son visage luisait sous la lueur blême que renvoyait la vitre.

« Hmm », répondis-je à voix basse.

Je ne sais si ma voix parvint ou non à ses oreilles car il ne réagit pas.

Nous restâmes un long moment debout côte à côte, à observer les poissons sans rien dire. Yasuda finit par briser le silence :

« Nous n'étions pas des amis très proches, ton frère et moi, dit-il, mais je l'aimais bien.... Quelque part, on se ressemblait. Ça peut paraître bizarre que je te dise ça à toi mais, une fois, on m'a pris pour son frère. Physiquement, on n'a sans doute rien de commun, mais notre façon de penser ou de parler, la vie que nous menions, c'est en ça que nous nous ressemblions. Quand on nous a dit qu'on avait l'air de deux frères, ma foi, ça ne nous a pas déplu. On s'est regardés et on s'est mis à rire. On parlait beaucoup tous les deux. Chaque jour d'un sujet différent. Oh, pas de choses spécialement intéressantes : par exemple, on se demandait pourquoi la vie d'un chien ne dure pas plus de dix ou douze ans, ou comment on peut guérir l'insomnie. Bref, un tas de sujets sans intérêt qu'on avait oublié dès le lendemain. Mais on prenait plaisir à ces discussions. »

Si vraiment Yasuda avait parlé tous les jours avec mon frère pendant trois ans, cela signifiait qu'il avait échangé davantage de paroles avec lui que moi tout au long de ma vie. Cette idée me troubla. Je ne pouvais pardonner sa vantardise à ce type qui affirmait tout bonnement qu'on le prenait pour le cadet de Yûji. Je reculai un peu, et l'observai tandis qu'il poursuivait :

« Une fois, une seule fois, on est sortis ensemble le soir, pour aller dans un bar, près de la gare, un endroit très animé, où il y a toujours plein de jeunes. Pour se rendre jusque-là, on a dû traverser une de ces foules ! Des employés de bureau qui rentraient chez eux, des étudiants... Le

72

trottoir était noir de monde, on pouvait à peine bouger. Comme on marchait lentement, on s'est retrouvés coincés à un coin du carrefour. On ne pouvait plus aller dans la direction qu'on voulait, je te jure, on voulait aller vers la droite, la foule nous refoulait vers la gauche. La foule, c'est l'enfer du monde d'en bas, tu vois. Cette ville, ce n'est pas un endroit où vivre, franchement.

« Tout d'un coup, Yûji s'est mis à crier. De toutes ses forces. Je me suis affolé. J'ai essayé de le retenir mais il est tellement grand, tu sais. Ses yeux avaient changé de couleur et il s'est mis à hurler en direction de la foule... »

À ce moment, mon regard croisa celui de Yasuda et il se tut, tandis que je le fixai, la bouche entrouverte.

« Et alors ?... »

Je le pressai de poursuivre mais il restait silencieux, les sourcils froncés, pareil à un amnésique qui a complètement oublié ce qu'il était en train de dire.

« La foule... », lui rappelai-je.

Yasuda déglutit, hocha plusieurs fois la tête d'un mouvement vif, et reprit son récit :

« Ah oui... Il était devenu fou. Il s'est mis à interpeller les gens : "Hé, toi, toi, et toi... !" À leur crier des absurdités. Ce qui était drôle, c'est la réaction des passants. Un instant plus tôt, on était serrés comme des sardines sur ce trottoir, et là, tout d'un coup, il s'est fait un cercle vide d'au moins trois mètres de circonférence autour de Yûji, les gens nous jetaient de petits coups d'œil et passaient avec l'air de dire : mieux vaut ne pas s'en mêler. C'était incroyable ! »

Yasuda s'était mis à rire. À bien regarder, il était atteint d'un léger strabisme.

« Après, une fois au bar, quand Yûji a eu repris son sang-froid, je lui ai demandé ce qui lui avait pris de piquer une crise pareille. Et à ce moment-là, il a laissé tomber, en buvant lentement une gorgée de sa vodka : "Brusquement, tous les gens qu'on croisait se sont mis à me rappeler quelqu'un." Les inconnus qu'on croise ressemblent tous à quelqu'un qu'on connaît, non ? Je suis sûr que toi aussi tu as dû éprouver ce genre de sensation. Moi, ça m'est arrivé tellement souvent que je n'ai eu aucun mal à comprendre de quoi il voulait parler.

« Alors, il a voulu adresser la parole à chaque individu. Seulement, il n'arrivait pas à se rappeler à qui ressemblait la personne qu'il voyait. Il faisait des efforts désespérés mais, chaque fois, un visage nouveau lui évoquant encore quelqu'un d'autre apparaissait dans son champ de vision. Cela faisait une quantité d'informations telle que son esprit n'a pas pu le supporter. Et là, les plombs ont lâché. »

Yasuda claqua des doigts tout près de sa tempe.

« Il a dû avoir peur. Moi, je compatissais vraiment, parce que j'ai déjà eu ce genre d'expérience. Je lui répétais : "Je te comprends, Yûji, je te comprends parfaitement." Finalement, ce jour-là, je suis resté avec lui jusqu'au petit matin. Enfin, ce genre de choses peut arriver à tout le monde. Les gens ne sont pas aussi forts qu'ils le croient. »

Sur ce, Yasuda se plongea à nouveau dans la contemplation des poissons tropicaux, après avoir marmonné en conclusion : « Non, non, le monde d'en bas, ce n'est pas bon... »

Les lèvres hermétiquement closes, je regardais une scène clignoter dans ma tête : mon frère pris de folie et hurlant, debout au milieu de la foule de Shibuya.

Une fois encore, je sentis le temps s'écouler inexorablement. Les battements de mon cœur scandant le rythme de la vie, le son des bulles d'eau qui éclataient, le grésillement des néons répandant une lumière blafarde, je voyais tout cela enfler et s'écouler dans une même direction.

« Ah, oui, j'allais oublier ! »

Nous étions restés immobiles, comme assoupis, dans ce temps presque arrêté, jusqu'à ce que cette soudaine exclamation de Yasuda vienne rompre le silence.

« Ton frère avait un repaire, poursuivit-il. Ou plutôt un endroit qu'il affectionnait particulièrement. On va y faire un tour ? »

Bien entendu, je le suivis aussitôt. Nous quittâmes le magasin d'aquariophilie au pas de course, traversâmes à nouveau la passerelle reliant les toits des bâtiments A et B, passâmes sans nous arrêter devant le Jardin d'Éden. Yasuda alla se poster juste devant l'énorme colonne publicitaire, presque aussi haute qu'un petit immeuble, et leva la tête vers le sommet. Si le toit du grand magasin était le pont d'un porte-avions, cette colonne faisait office de tourelle de commandement.

Je levai la tête en retenant mon souffle : mon compagnon venait de se mettre à grimper l'échelle qui menait au faîte de la tour.

« Tu veux monter ? » lui criai-je.

J'apercevais son slip entre les déchirures du jean.

Il continua à escalader l'échelle sans répondre. Je me résignai à le suivre. Il me semblait que le vent me faisait vaciller à chaque degré supplémentaire que je gravissais ; je restai plusieurs fois figé sur une marche, les jambes coupées par le vertige, mais suivis néanmoins Yasuda comme dans un rêve, les yeux fixés sur ses fesses devant moi.

Une fois parvenus au sommet de la tour, qui devait bien faire une dizaine de mètres de haut, nous nous regardâmes et nous mîmes à rire sans raison. Peut-être parce qu'il m'avait tiré par le bras comme pour me venir en aide, et hisser mon corps raidi par la peur sur la plate-forme du sommet. Ou encore parce que nous dominions la ville, sans que rien fît obstacle à notre vue. Ou bien parce que nous ressentions la même exaltation que des alpinistes qui viennent de réussir une ascension. Nous prîmes une profonde inspiration, puis expirâmes à pleins poumons.

Le panorama était magnifique. Des forêts de buildings se succédaient à perte de vue, dans toutes les directions. Au loin se dressait le groupe de gratte-ciel de Shinjuku. On voyait aussi la Tour de Tokyo. Cela donnait l'impression étrange de voler dans l'espace.

« Hé, regarde, c'est le mont Fuji, là-bas ! »

On distinguait effectivement, dans la direction où Yasuda pointait le doigt, la vague silhouette du mont Fuji, embrumée par la nappe de pollution. Nous contemplâmes un moment le paysage, debout en plein vent.

« C'est ici, l'endroit que mon frère aimait le plus ? » demandai-je en criant pour couvrir le bruit des rafales qui s'engouffraient dans ma bouche. Yasuda hocha vigoureusement la tête en réponse.

« Il montait ici tous les jours pendant sa pause déjeuner, et y passait l'heure entière, au lieu d'aller manger. Tu ne trouves pas que dans un endroit pareil on se dit que la vie humaine importe peu ? »

Il avait posé la main sur le rebord du parapet, et se penchait pour contempler le monde qui s'étendait sous ses yeux, en contrebas.

« Yûji disait qu'il aimerait se jeter du haut de cette tour. »

« Mais pourquoi ? » m'exclamai-je intérieurement. Je jetai un regard interrogateur à Yasuda : il haussa les épaules en souriant.

« Pourquoi ? Je n'en ai pas la moindre idée. C'est peut-être le lieu qui lui inspirait ce désir. Quand il a démissionné, il m'a dit : "Tu sais, si je travaillais ne serait-ce qu'un mois de plus dans cette boutique, je suis sûr que je finirais par me jeter du haut de la tour." Il disait qu'il y avait une force magnétique ici, qui le poussait à ça. »

Yasuda passa ses paumes sur son visage comme pour l'essuyer, puis il se tourna vers moi.

« Après le départ de Yûji, son refuge est devenu le mien. Maintenant, j'aime ce lieu autant qu'il l'aimait, lui. Ça ne fait même pas six mois que j'ai hérité de cet endroit mais je comprends très bien ce qu'il voulait dire. Ces temps-ci, moi aussi, je ressens la force magnétique dont il parlait. »

Sur ce, Yasuda éclata de rire. Son rire, porté par le vent, résonna avec force. Tout en l'écoutant, je levai la tête vers le ciel.

Il était bleu, sans un nuage ; seul un oiseau, pareil à un point, y décrivait des cercles.

7

« Après la mort, viendra le Jugement. »

C'est par ces mots, tracés sur un panneau brandi par un prédicateur chrétien, que je fus accueilli à ma sortie du grand magasin. Cette phrase se remarquait d'autant mieux qu'elle flottait un peu au-dessus des têtes des passants qui encombraient le trottoir en grand nombre.

J'avançai jusqu'au milieu de la foule, puis me retournai en piétinant sur place pour regarder les toits sur lesquels je me trouvais un instant plus tôt. Ce ciel bouché au-dessus de moi devait bien être le même que l'étendue bleue à trois cent soixante degrés que j'avais contemplée de là-haut, pourtant, il semblait complètement différent. La marée humaine, les gaz d'échappement, le vacarme qui composaient le monde d'en bas n'avaient rien de comparable avec le vaste espace qui s'étendait sur les toits. Après avoir jeté un dernier regard au panneau du prédicateur qui surplombait un océan de chevelures noires, je me remis à suivre le flot.

Le restaurant indien où je devais retrouver Hisami Shinoda était situé au coin d'un carrefour grouillant de jeunes étudiants, dans une rue adjacente à deux pas de l'avenue où se dressaient les grands magasins. J'avais une demi-heure d'avance ; pourtant, elle était déjà là. Et son arrivée datait d'un petit moment, à en juger d'après la tasse de thé aux épices presque vide posée devant elle.

Je m'assis en face d'elle, mais elle ne leva pas tout de suite les yeux de son livre, ce qui me laissa le loisir d'observer son visage. Dans le restaurant plongé dans la pénombre résonnaient les accents rêveurs d'un sitar. On voyait luire les yeux des serveurs indiens allant et venant dans la salle allongée en forme de caverne.

« Mon professeur a eu un brusque accès de fièvre, et le cours s'est terminé plus tôt que prévu », dit Hisami en reposant son livre sur la table.

Elle m'adressait un sourire aimable, que je m'efforçais de lui rendre, tout en me sentant aspiré au fond de ses grands yeux noirs en amande. Décidément, elle était vraiment très belle. Mais ses vêtements, ses gestes, son maquillage étaient si discrets que c'était à se demander si elle avait ou non conscience de sa beauté.

« Tu attends depuis longtemps ? » demandai-je en détournant les yeux et en feignant de tirer ma chaise vers la table pour cacher mon trouble. Elle secoua rapidement la tête et me répondit quelle aimait attendre.

Le titre du livre qu'elle avait posé sur la table était imprimé en caractères noirs au centre de la couverture : *Berceuses pour insomniaques*. Hisami arrêta un serveur au passage, lui dicta rapidement la commande en anglais puis se tourna vers moi et dit, en japonais cette fois :

« Laisse-moi faire, je veux te faire goûter quelque chose. »

Tandis que le serveur, qui semblait la connaître, repartait en souriant de toutes ses dents blanches, Hisami chuchota :

« Tu sais, ici, c'est risqué de commander des plats au hasard. »

Cependant, je trouvais un je-ne-sais-quoi d'artificiel à son sourire, comme s'il ne venait pas du fond du cœur. La moitié de son visage souriait, mais le reste était soucieux. Comme si sa volonté essayait de contrôler toutes ses émotions. Ce manque de naturel, joint à sa beauté, faisait d'elle une créature aussi parfaite qu'inabordable.

« Tu fais des recherches sur quoi ? lui demandai-je.

— Sur le karma, répondit-elle. Le karma vu du point de vue de la psychologie des profondeurs. »

Comme je n'avais rien compris, je me contentai de répéter : « Le karma ?

— Oui. Pour simplifier, disons celui que tu es aujourd'hui est le résultat de celui que tu as été hier. »

Je comprenais de moins en moins. Je penchai la tête en demandant :

« Ce qui signifie ?

— À l'origine, *karma* signifie "acte" en sanskrit. C'est ce qui est connu sous le nom de *gô* dans la terminologie bouddhique japonaise. Pour les bouddhistes, *gô* veut dire que les actes commis avec nos corps, les paroles prononcées par nos bouches, les pensées qui occupent notre conscience, ces trois choses réunies sont causes d'actes qui entraînent des conséquences et construisent notre futur. »

Un instant, le visage de Hisami me parut être celui du Bouddha en personne. Les sons qu'égrenait le sitar m'entraînaient de plus en plus vers l'Inde.

« Tu sais bien, tu as déjà entendu ça, non ? Les actes vertueux ont des conséquences positives, les actes malfaisants ont des conséquences négatives. Ce qu'on appelle la loi de causes et de conséquences. »

Juste avant qu'elle finisse sa phrase, l'éclair d'un souvenir illumina mon esprit :

« La métempsycose aussi, c'est ça ?

— Bravo ! fit Hisami en hochant la tête avec un sourire. Enfin, quand on parle de karma ou de métempsycose, ça fait un peu sciences occultes, mais nous, à l'institut, on étudie ça très sérieusement. On fait des recherches sur les traces de souvenirs de vies précédentes qui dorment dans les tréfonds de la conscience humaine, on essaie de cerner au plus près les mécanismes de l'âme. »

Les mécanismes de l'âme ?...

Tout en répétant cette expression dans un murmure, je me remémorais ce que m'avait dit Yûji autrefois lors d'un certain face-à-face. « ... même si nous sommes frères du point de vue de la génétique, pour ce qui est de l'âme, nous sommes des étrangers. Tu comprends ? Le corps physique, ce n'est qu'une demeure d'emprunt... »

Me voyant perdu dans mes pensées, Hisami attendit un peu avant de poursuivre.

« Je parlais beaucoup de karma et de métempsycose avec Yûji. Quand on s'est rencontrés, pour moi la métempsycose, c'était un terme d'occultisme, sans plus. Je m'intéressais un peu à Freud et à la psychanalyse, à Jung aussi, mais je restais uniquement dans le domaine de la psychologie. C'est en sortant avec Yûji, et au fur et à mesure que je tombais sous son charme, que j'ai commencé à attribuer un sens scientifique à des phénomènes que je considérais comme supranormaux. Les recherches auxquelles je me suis attaquée maintenant ne sont pas très orthodoxes d'un point de vue scientifique, mais même Darwin passait pour un hérétique à son époque, non ? »

Sa phrase s'acheva sur un sourire. Un serveur de haute taille commença à aligner les plats sur la table, tout en débitant quelques plaisanteries dans un japonais approximatif. Le fumet des épices excita mon appétit. Nous interrompîmes notre conversation pour nous attaquer au festin étalé sous nos yeux.

Nous nous concentrâmes un moment sur la nourriture en silence, puis Hisami reprit :

« À propos, tu sais... Yûji disait que notre enveloppe physique est une gêne.

— Notre enveloppe physique ?

— Oui, il disait qu'il voulait devenir plus léger. »

Elle déchira un petit morceau de *nan* [1], le

1. Pain rond indien au levain. *(N.d.T.)*

trempa dans la sauce du poulet au curry et le
porta à sa bouche.

« Cela veut dire qu'il voulait mourir ? demandai-je.

— Je ne sais pas trop. Je ne crois pas, mais...,
bredouilla-t-elle, avant de poursuivre d'un ton
normal. Il disait que le corps humain est lourd
comme un scaphandre. Pour lui, le corps, c'est
l'accès aux cinq sens. L'âme, c'est l'accès au
sixième sens. Et si on lui demandait dans quelle
dimension il préférait vivre, c'était celle de l'âme,
sans conteste. Il avait toujours conscience de son
âme, était attentif à elle, en toutes circonstances
de sa vie. Il disait que le corps, c'est un scaphandre qui permet d'éviter que le monde
devienne une simple chimère. "Dans la mesure
où j'ai un corps, je suis astreint à marcher sur
cette terre", disait-il. Mais je ne crois pas qu'il
voulait vraiment le rejeter. Je l'ai entendu dire
aussi qu'il était obligé de porter ce scaphandre,
mais que ce n'était que pour une certaine période. »

Le corps considéré comme une gêne... Cette
façon de s'exprimer ressemblait bien à Yûji et je
m'en réjouissais intérieurement, car j'avais le sentiment de retrouver le frère que j'avais connu :
celui qui s'était entaillé le doigt exprès, celui qui
rentrait à la maison couvert de sang après un

« combat mortel ». En tant qu'observateur privilégié de mon frère, c'était pour moi un grand succès de me rendre compte que, même si son apparence extérieure avait changé du tout au tout, sa façon de penser n'avait fondamentalement pas subi la moindre transformation.

Lorsque le serveur indien vint nous apporter le thé aux épices, j'avais le sentiment d'avoir profité au maximum de la conversation, tout comme du repas. Silencieux, j'écoutai Hisami finir de me raconter ses souvenirs de Yûji.

Mais c'était avant tout le récit d'une femme parlant de l'homme qu'elle avait aimé. Je n'y retrouvais en rien le frère que j'avais connu.

Je crois qu'à ce moment-là Hisami Shinoda avait un besoin maladif de la présence de l'homme qui avait disparu de sa vie sans crier gare. Elle était persuadée qu'il l'avait abandonnée.

« Pourquoi ne l'as-tu pas cherché davantage ? » finis-je par demander.

Elle secoua faiblement la tête.

« Mais je l'ai cherché, tu sais. À ma façon, de toutes mes forces. Mais plus je le cherchais, plus je sentais que le destin ne voulait pas qu'il revienne vers moi. Nous sommes restés ensemble assez longtemps mais, la dernière année, son cœur s'était tourné vers une autre. »

Ses yeux s'étaient brouillés de larmes.

« Il avait une liaison avec une autre femme. J'ai eu du mal à l'admettre, mais c'est la vérité. »

Son visage se crispait chaque fois qu'elle essayait de se forcer à sourire, si bien qu'elle semblait sur le point de fondre en larmes.

Un silence embarrassé tomba entre nous. Comme il se prolongeait, je sentis la nécessité de dire un mot gentil pour la consoler, mais rien ne me vint à l'esprit et je laissai passer l'opportunité. Elle reprit :

« Pendant une année, nous avons vécu ainsi, Yûji et moi, avec cette femme entre nous. Je ne l'ai jamais rencontrée directement mais... Si je n'ai pas recherché Yûji jusqu'au bout, c'est parce que je suis parvenue à la conclusion prématurée que c'était elle qu'il avait choisie.

— Pourquoi prématurée ? rétorquai-je aussitôt.

— Eh bien, tout récemment, il s'est passé quelque chose... C'est parti d'un problème administratif, à propos d'une histoire d'argent. J'avais prêté une petite somme à Yûji, pas grand-chose, et ça m'était égal qu'il me rembourse ou pas, mais brusquement j'en ai eu besoin de façon urgente, alors j'ai cherché les coordonnées de son autre petite amie, pour le contacter et lui réclamer ce qu'il me devait. Seulement, quand j'ai appelé chez cette fille, elle m'a affirmé que Yûji ne vivait pas avec elle. C'était il y a à peu près deux semaines. Apparemment, il nous a laissé tomber toutes les deux. Atsuko — elle s'appelle Atsuko — croyait elle aussi depuis six mois qu'elle avait été évincée par une rivale. On en a ri au téléphone. Avant de raccrocher, on s'est promis de se voir un de ces jours pour faire connaissance... C'est triste, non ? »

Hisami se tut, sortit un bout de papier de son sac, me le tendit :

« J'ai noté ses coordonnées pour toi, au cas où ça te serait utile. En fait, je devrais t'accompagner, mais je n'arrive pas à me décider. J'aurais plein de questions à lui poser, moi aussi, mais... Excuse-moi, hein. »

Devinant ce qu'elle pouvait ressentir, je pris le papier et le mis dans ma poche sans un mot.

8

Le soir même, je téléphonai à Atsuko Iwano pour lui expliquer en détail, comme je l'avais fait avec Hisami Shinoda, les circonstances qui m'amenaient à la contacter. Je lui arrachai la promesse de me rencontrer.

« Mais je ne vous ai jamais vu, et vous ne me connaissez pas non plus, fit-elle remarquer. Comment ferons-nous pour nous retrouver ?

— C'est vrai, ça.

— Vous ressemblez beaucoup à Yûji ?

— Je ne sais pas. Avant, oui, mais maintenant tout le monde me dit le contraire.

— C'est ennuyeux.

— Comment faire ?

— Vous connaissez la statue de Hachiko ?

— Hachiko ? Le monument dédié au chien fidèle devant la gare de Shibuya ?

— Oui, exactement.

— Mais un tas de gens se donnent rendez-vous à cet endroit. Dans la foule, on se retrouvera encore moins facilement.

— Non, ça ira. À sept heures. Sept heures précises, hein ? J'attraperai la queue du chien, vous ne pourrez pas vous tromper. »

Il fallait attendre qu'elle ait fini de travailler pour nous voir ; le rendez-vous fut donc fixé à sept heures, le jour même.

C'était un mardi soir. Les alentours de la statue de Hachiko à Shibuya grouillaient d'une foule d'hommes et de femmes sortant tout juste du travail, et d'étudiants partant en goguette vers les ruelles éclairées au néon. Sur la place, devant la gare, on entendait résonner les voix d'employés de bureau déjà ivres, claironnant en chœur des chansons à la mode, et de groupes d'étudiants de retour d'un match de rugby, hurlant « Banzai ! » à pleins poumons.

J'étais arrivé à sept heures moins dix et m'étais aussitôt posté derrière la statue pour attendre l'arrivée d'Atsuko Iwano. Persuadé que je saurais la reconnaître à l'atmosphère qui se dégagerait d'elle, j'étais prêt à engager la conversation dès que nos yeux se croiseraient.

Je posai la main sur la queue du chien et, à sept heures précises, une autre main vint se poser à côté de la mienne. Elle appartenait à une jeune femme qui était déjà là à mon arrivée, et que j'avais regardée plusieurs fois sans qu'elle daignât se tourner vers moi. Il m'avait même semblé qu'elle évitait sciemment mon regard.

Ainsi, nous étions restés debout côte à côte pendant dix minutes, immobiles, devant la queue du chien Hachiko.

Après un échange de présentations accompagnées de courbettes polies, nous nous dirigeâmes vers un restaurant russe où, me dit-elle, elle avait l'habitude d'aller avec mon frère. À ma grande surprise, il était situé juste à côté du restaurant indien où Hisami m'avait donné rendez-vous quelques jours plus tôt. Dans un coin de la salle, un couple en costume traditionnel russe assurait l'animation : l'homme jouait de la balalaïka tandis que la femme chantait.

« C'est une bonne adresse, peu connue même à Shibuya. Il n'y a jamais trop de monde, et pour ce qui est de la nourriture, c'est inégal, mais en général c'est plutôt bon, enfin c'est surtout l'ambiance qui est agréable, tu ne trouves pas ? »

L'esprit ailleurs, j'écoutais distraitement Atsuko Iwano. Heureux de ne pas me retrouver dans le même restaurant que la dernière fois, j'avais cependant du mal à prendre au sérieux cette fille qui remerciait avec un « *Spassiba* » souriant le serveur russe qui venait de nous apporter les menus.

J'avais le plus grand mal à imaginer comment mon frère avait pu entretenir toute une année des relations parallèles avec deux femmes aussi différentes que Hisami Shinoda et Atsuko Iwano.

Atsuko avait un autre genre de beauté que Hisami. On pouvait la qualifier de mignonne plutôt que belle, et son visage encadré de cheveux longs avait même une certaine innocence enfantine quand elle riait, ainsi que je le remarquai lorsque nous fûmes assis face à face.

« Tu viens souvent ici ? demandai-je.

— Oui, c'est Yûji qui m'y a emmenée pour la première fois, et depuis, je viens de temps à autre. »

Tandis que j'écoutais ses propos nostalgiques, je sentis une douce chaleur envahir tout mon corps. Il n'y avait aucune zone d'ombre chez cette jeune femme, à l'inverse de Hisami Shinoda. La pureté de son visage souriant dénotait une confiance sans faille dans la nature humaine. Quand elle riait, tous ses traits exprimaient sa joie, et il se dégageait d'elle une sérénité communicative. Sans aucun doute, c'est de cet aspect d'elle que mon frère était tombé amoureux.

Confortablement installés au centre de la salle, nous passâmes deux heures à parler de mon frère, tout en nous régalant d'une excellente cuisine russe. L'essentiel de la conversation consista cependant en un monologue d'Atsuko Iwano.

« Cela fait environ un an et demi que Yûji occupe mon cœur et mes pensées. Il n'a pas fallu longtemps pour qu'il devienne tout pour moi. Non, ce n'est pas exagéré de dire cela, même si notre relation n'a duré qu'un an et même s'il avait déjà une petite amie. J'ai essayé plusieurs fois de l'oublier, sans succès.

« Aujourd'hui encore, sa place continue à grandir dans mon cœur. J'ai beau savoir que c'est fini, qu'il ne sera plus jamais là pour m'aimer, le seul air qui me fait vivre, c'est celui qu'il a laissé derrière lui.

« Les femmes sont comme ça. Peut-être qu'un jour je me marierai et que j'aurai des enfants. Mais je suis sûre que même à l'instant où je mettrai au monde l'enfant d'un autre, c'est à Yûji, et à lui seul, que je penserai.

« Je connaissais dès le départ l'existence de Hisami Shinoda. Dès la première nuit, Yûji m'a dit qu'il y avait une autre femme et m'a demandé si j'acceptais tout de même d'être sa maîtresse. Mais à ce moment-là, il n'y avait plus de retour en arrière possible. J'étais dans ses bras, portée par une vague immense telle que je n'en avais jamais connue, et je ne pouvais que m'y abandonner. Je n'étais pas sûre de gagner face à ma rivale, mais je n'avais pas non plus l'intention de me laisser vaincre. Je voulais désespérément que Yûji m'appartienne, à moi et à moi seule.

« Hisami Shinoda, je l'ai eue au téléphone récemment. C'était la première fois que nous nous parlions. Elle semble avoir une grande force intérieure. Cela faisait trois ans qu'elle était avec Yûji, aussi ça a dû être plus dur pour elle que pour moi. On s'est promis de se rencontrer, mais on ne l'a pas encore fait. J'aimerais bien la voir, mais je crois que c'est trop tôt, ce serait trop pénible pour elle comme pour moi...

« Tel que je connaissais Yûji, je suis sûre qu'il souffrait beaucoup d'être pris entre Hisami Shinoda et moi. Ce n'était pas quelqu'un qui parlait beaucoup, il n'aimait pas s'étendre sur ses émotions, mais un jour où il avait trop bu, je ne sais plus quand, il m'en a parlé un peu... Il a dit que c'était dur à vivre pour lui, que quand il était avec moi il pensait à elle, et quand il était avec elle, à moi. Lui qui était si grand et si viril, il souriait mais il avait l'air sur le point de fondre en larmes. Pour moi aussi c'était pénible. Dans des moments comme ça, j'avais l'impression de devenir sa mère. Je lui caressais la poitrine, je le serrais dans mes bras. Il baissait la tête, restait immobile comme un petit garçon, lui qui était d'une taille si imposante. J'aimais bien quand il était comme ça.

« Quand j'y pense maintenant, les nuits où il dormait chez moi, Hisami Shinoda restait seule, et moi je dormais seule quand il était chez elle. C'est pour ça que dans ces cas-là son téléphone sonnait dans le vide.

« Quand il a cessé brusquement de me rendre visite, j'ai pensé qu'il avait choisi Hisami. C'était très dur pour moi, mais je l'ai laissé tranquille. Plus tard, j'ai essayé de l'appeler mais son téléphone ne répondait pas. Une voix pré-enregistrée répétait que la ligne avait été coupée à sa demande. J'ai même été jalouse de cette voix de femme mécanique, impersonnelle.

« Je me demande où est Yûji maintenant, ce qu'il fait. Finalement, il nous a abandonnées toutes les deux, Hisami Shinoda et moi. Il vit peut-être ailleurs, dans une ville inconnue, avec une autre femme. Même si c'est le cas, je ne songe pas à le lui reprocher. J'ai l'intention d'attendre qu'il revienne un jour vers moi. Je ne sais pas pourquoi, j'ai l'impression qu'un jour il va réapparaître brusquement devant moi... Il est comme ça. Comme le vent. »

Tout en l'écoutant en silence, je goûtais à tous les plats que le serveur apportait tour à tour — tartelettes au caviar, bortsch, bœuf Stroganov —, mais j'étais si fasciné par ce qu'elle disait que je laissai mon assiette presque pleine.

J'attendis qu'elle eût terminé sa phrase, puis lui demandai sans détours :

« Alors, tu n'as aucune idée de l'endroit où il peut se trouver en ce moment ? »

Atsuko Iwano secoua la tête en silence.

Son regard vague errait au loin.

Les cordes de la balalaïka faisaient trembler l'air.

9

Je pensais tout le temps à mon frère. À quoi d'autre pouvais-je me raccrocher? Je puis dire, sans exagération, que je n'existais que parce que je pensais à lui. C'est en lui que se trouvait mon seul point d'ancrage. Et lui, inversement, le fait que je pense à lui ne l'avait-il pas rendu à l'existence? Je pense donc je suis, a dit Descartes, mais en ce qui me concerne, c'est le fait de penser à mon frère qui le faisait exister avec certitude.

Un homme était occupé à arranger des mannequins dans une vitrine. Debout devant la vitre, les mains enfoncées dans les poches de mon blouson, je le regardais. Nos yeux se croisèrent un bref instant. J'attendis de voir sa réaction, mais il m'ignora. Sans doute pensait-il toute communication inutile, puisque nous étions séparés par une épaisseur de verre. Le visage pressé contre la vitre, je le regardais visser des bras sur le corps d'un mannequin. L'homme sembla prendre conscience de ma présence. Il se mit à jeter de petits coups d'œil vers moi, en fronçant les sourcils. Cette situation se prolongea quelques minutes puis il perdit patience et lança quelques mots dans ma direction. Je ne les entendis pas, mais d'après son expression ce n'était pas des paroles de sympathie. Comme je continuais à l'observer, il frappa la vitre de la paume. Inconsciemment, j'esquissai un mouvement de recul, mais je ne cessais pour autant de le fixer. Il était visiblement en colère, mais sa voix ne me parvenait pas. Je le regardais battre l'air de sa main droite, comme pour chasser un chien. Je reculai à nouveau de quelques pas. L'homme continuait à crier, les veines de ses tempes avaient gonflé. Il faisait partie de cet immense grand magasin; moi, j'appartenais au trottoir sur lequel le soleil déversait ses rayons.

De nombreux jeunes gens attendaient devant un mur peint de couleurs vives, dernier lieu à la mode pour se retrouver. Le visage d'un chanteur de rock, dont je n'arrivais pas à me rappeler le nom, en occupait toute la surface. Je me faufilai au milieu de la foule, feignant d'avoir également rendez-vous à cet endroit. Tout en espérant avoir moi aussi l'air d'un jeune homme ordinaire venu retrouver quelqu'un, j'attendais l'arrivée d'une personne qui, je le savais, ne viendrait pas. Mon regard allait sans cesse de l'horloge sur la façade de l'immeuble d'en face au bout de l'avenue qui descendait vers la gare. Avec de petits claquements de langue impatients, j'allumai nerveusement cigarette sur cigarette. Toutes les cinq ou dix minutes, une ou deux des personnes qui attendaient devant le mur s'en allaient, aussitôt remplacées par d'autres. Au bout d'une demi-heure, la foule s'était complètement renouvelée, en dehors de moi et d'une jeune fille debout à mes côtés. Je lui jetais des coups d'œil de connivence, mais elle ne faisait que fixer sa montre. Je m'apprêtais, si jamais mon regard parvenait à croiser le sien, à hausser les épaules d'un air plein d'impuissance. Cependant, elle ne tourna pas une seule fois les yeux dans ma direction et finit par s'éloigner à son tour. Je continuai à l'observer tandis qu'elle descendait la rue en pente menant vers la gare, le pas incertain, l'accablement pesant sur ses épaules : elle appartenait au monde du malheur.

Feignant de me plaire dans Shibuya, je me mis à flâner au hasard, et tombai sur un groupe de gens qui bloquaient l'avenue, en pleine séance photo. Les passants étaient obligés de se coller aux murs des immeubles pour éviter les mannequins, qui prenaient la pose au beau milieu du trottoir. Je m'installai un peu à l'écart, à l'ombre d'un des arbres qui bordaient l'avenue, pour observer la scène. Les mannequins se pliaient aux indications du photographe, tandis que le styliste, l'assistant et le manager les surveillaient à distance; les passants se frayaient furtivement un passage derrière eux. Au bout d'un moment, le photographe se tourna vers moi pour me crier quelque chose. Je me dissimulai en hâte derrière le tronc d'arbre, mais cela ne parut pas lui plaire, et il envoya un de ses assistants vers moi : «Vous ne pourriez pas bouger un peu de là?» me demanda ce dernier en prenant des airs importants. «Et pourquoi ça?» répliquai-je. Il ouvrit des yeux ronds, comme si laisser la place libre pour la séance photo tombait sous le sens. Cet individu-là faisait sans conteste partie du monde du travail. Et moi, qui me fondis sans protester dans le flot de passants, je faisais partie de la foule.

À l'entrée d'un entrepôt, à l'arrière d'un immeuble appelé *fashion-building*, était posé un énorme miroir en pied. En passant devant, je vis ma silhouette le traverser. Revenant en hâte sur mes pas, je m'arrêtai devant. Mon reflet semblait pressé, mon visage était impatient. Mon air ahuri de provincial me sembla drôle, et je m'esclaffai, aussitôt imité par mon double, qui esquissa un rire timide dans le miroir.

Dans une cabine téléphonique, un jeune

homme d'Asie du Sud-Est pleurait tout en parlant dans sa langue maternelle. Dehors, devant la cabine, une femme à la peau foncée comme lui le regardait d'un air inquiet. La voix du jeune homme enflait, de plus en plus animée. La femme tendit la main vers lui d'un geste apaisant. Au bout d'un moment, il raccrocha, et la machine recracha sa carte téléphonique avec un petit vrombissement. Les yeux fixés sur le combiné, le jeune homme se mit à abreuver d'injures cette machine glacée qui refusait de communiquer avec lui. Ce couple qui s'éloigna ensuite, enlacé, faisait partie d'un monde totalement étranger. Moi qui arrivais de Kôfu, j'étais un simple provincial.

De jeunes gens en proie à l'ennui dessinaient sur le trottoir avec des sprays. Des passants enfermés dans leur indifférence passaient sans les voir. Une employée de bureau, uniquement préoccupée par sa passion, disparut dans un *love-hotel* avec un employé tout tendu de désir. Des ménagères aux prises avec le quotidien faisaient la queue devant les boutiques de soldes. Un cinquantenaire frustré lisait du Baudelaire debout dans une librairie. Des étudiants dans la gêne faisaient des petits boulots pour gagner de l'argent de poche. Des enfants encore à l'âge de l'innocence donnaient des coups de pied à des passants qui avaient cet air sérieux que confère le droit de vote. Des manifestants exaspérés par les difficultés de l'existence hurlaient des slogans. Des lycéens, à un âge de la vie où l'on n'est jamais rassasié, jetaient leurs canettes de Coca à moitié vides. Des jeunes gens arrivés d'on ne sait où, dont le seul souci était d'être des gravures de mode, se mêlaient à une foule où rôdaient aussi des fascistes en liberté.

Dans cette ville, chacun vivait dans son propre monde, comme dans une bulle.

10

J'arrivai au Jardin d'Éden cinq minutes avant
que cela ferme, après avoir flâné toute la journée
dans le quartier de Shibuya. Une douce musique
coulait des haut-parleurs, accompagnant l'annonce
de la fermeture des portes du grand magasin. La
boutique se détachait nettement, sous la colonne
publicitaire où brillaient des lettres de néon. Je
reconnus sans peine Yasuda parmi les employés
qui commençaient à ranger les plantes exposées.
Il transportait, ou plutôt traînait sur le sol en
béton, un pot contenant une plante tropicale plus
haute que lui, à la forme étrange. Les feuilles
écartées en forme d'éventail, dressées au bout
d'une longue tige, étaient épaisses et brillantes
comme celles d'un bananier.

Yasuda s'interrompit un instant dans sa tâche
en s'entendant appeler, et se retourna.

« Dis, qu'est-ce que c'est, cette plante ? »

Il s'essuya le front de la manche et répondit :

« L'arbre du voyageur. »

Touché par l'écho plein de douceur de ce nom, je le répétai à voix basse : « *Tabibitonoki*, l'arbre du voyageur... »

Yasuda hocha la tête et reprit, tout en enlevant ses gants de travail :

« C'est ça. On peut aussi l'appeler *ryojinboku*, en prononçant les caractères à la manière chinoise, ou également bananier éventail, mais c'est sous le nom d'arbre du voyageur que cet arbuste est généralement connu. »

Nous restâmes un moment à contempler tous les deux la plante en silence, en hochant la tête. Le vent froid de la nuit soufflait autour de nous, faisant trembler et bruire les feuilles devant le magasin.

« Ce nom vient d'une particularité : l'eau s'accumule dans cette partie, tu vois, expliqua Yasuda en désignant la base du pétiole. Les voyageurs assoiffés coupent la tige à cet endroit et se désaltèrent avec l'eau qu'elle contient, c'est pour cela qu'on l'appelle arbre du voyageur. C'est une plante-chameau, en quelque sorte.

— Eh! », murmurai-je, surpris, ce qui encouragea mon compagnon à poursuivre, d'un air aussi fier que s'il vantait les mérites d'un membre de sa propre famille :

« L'arbre du voyageur est originaire de Madagascar. Tu as entendu parler de ce pays, non?

Une île située tout près de l'Afrique, traversée par le tropique du Capricorne... C'est vraiment tropical, par là-bas. Je n'y suis jamais allé, mais il doit faire chaud, c'est sûr. On est vite mort de soif dans un endroit pareil. C'est ce qui rend cette plante si précieuse pour les voyageurs. »

Yasuda toucha les feuilles en éventail. Effectivement, on aurait dit des feuilles de bananier.

« Maintenant, il fait seulement cette taille, mais ce genre d'arbuste atteint facilement dix mètres de haut. Les plus grands vont même jusqu'à trente mètres. »

« Trente mètres », répéta-t-il à voix basse, puis il leva la tête vers le ciel envahi par l'obscurité.

« Incroyable », murmurai-je en hochant la tête et en suivant la direction de son regard.

Devant nos yeux se dressait un arbre du voyageur immense, plus haut encore que la colonne publicitaire qui scintillait dans la nuit de tous ses feux.

Nous restâmes silencieux un moment, absorbés par cette vision. On ne voyait ni lune ni étoiles dans le ciel. Il était d'un noir d'encre, et paraissait prêt à nous engloutir.

J'attendis que Yasuda ait fini ses derniers rangements, puis nous allâmes boire un verre dans un bar du quartier. J'avais demandé à mon nouvel ami de me parler encore un peu de mon frère, et il m'avait proposé de le faire autour d'un verre. Installés côte à côte au comptoir d'un bar ordinaire, comme on en trouve partout, nous bûmes copieusement, sous les regards des employés de bureau qui emplissaient la salle. Ce n'était pas exactement la saison pour boire de la bière pression, mais nous trouvions agréable de vider nos chopes en sentant la mousse fraîche humecter nos gosiers. L'ivresse ne tarda pas à envahir tout notre corps et, très rapidement, nous eûmes l'impression d'être sur le pont d'un bateau, en plein roulis.

« Alors, tu n'as toujours pas retrouvé Yûji ? » s'enquit Yasuda.

Il avait déjà bu la moitié de sa deuxième bière et arborait une expression béate.

« Aucun progrès dans mes recherches, laissai-je tomber en secouant la tête de gauche à droite. C'est pour ça que je suis passé te voir, en me disant que tu te souviendrais peut-être de quelque chose qui pourrait me servir de piste… »

Il émit un petit rire nasal et marmonna : « Rien, je n'ai aucune idée », avant de finir son verre d'un coup.

Comprenant qu'il serait vain de le questionner davantage, je décidai de changer de tactique.

« Tu m'as dit que tu discutais tous les jours avec Yûji de divers sujets, tu ne voudrais pas me parler des choses dont tu te souviens, me dire ce qui t'a marqué dans vos conversations ? »

Je n'ai jamais très bien tenu l'alcool, et une seule chope de bière avait suffi à susciter en moi une certaine ébriété.

Yasuda, quant à lui, vidait sa troisième en souriant.

« Oui, c'est vrai qu'on parlait de beaucoup de choses... »

Sur ces mots, il laissa échapper un long soupir en même temps qu'une sorte de hoquet, qui en fait était un rot. Le regard au loin, il paraissait fouiller dans ses souvenirs.

« Il disait des trucs vraiment incroyables, quand j'y pense... »

Il se redressa comme s'il venait de se remémorer un souvenir précis, et fixa les yeux sur l'étagère juste en face de lui, sur laquelle s'alignaient des bouteilles d'alcool.

« Oui, ton frère, il m'a dit ce truc incroyable, un jour, je ne sais plus quand, mais il faisait très chaud. Il ne s'est peut-être pas exprimé exactement comme ça, mais le sens en tout cas était bien celui-là : il m'a dit qu'il était un être élu. »

Là-dessus, Yasuda éclata de rire, et renversa un peu de bière sur le comptoir. Visiblement, il commençait à être passablement ivre. Son expression s'était altérée.

« Ouais, c'est ça : "Je suis un être élu", voilà ce qu'il a dit, ton frère. C'est fou, non, quand on y pense ? Je lui ai demandé d'où il sortait cette idée... »

Il s'était tourné à nouveau vers moi, et poursuivit d'une voix plus basse, me soufflant au visage une haleine empestée d'alcool :

« Il m'a dit qu'il avait l'impression d'être observé en permanence. Et quand je lui ai demandé par qui, qu'est-ce que tu crois qu'il m'a répondu ? "Par Dieu !" Alors je lui ai demandé : "Comment tu sais que c'est Dieu qui te regarde ?" Mais il ne m'a rien ajouté de plus. Je me demande si c'était vrai, ce qu'il disait. En tout cas, se prendre pour un être élu, c'est une pensée plutôt orgueilleuse pour un humain, non ? C'est une idée fasciste. Ça avait beau être Yûji, là, je ne pouvais pas l'approuver. »

Sa phrase à peine finie, Yasuda leva sa chope vide pour attirer l'attention du barman. Je vidai d'un coup le fond de la mienne, et en commandai une autre également.

Dans mon esprit embrumé par l'alcool s'éleva la vision tremblotante du visage de ma mère, qui me regardait en souriant. C'était un fragment de mes souvenirs d'écolier : ce jour-là, ma mère me parlait de la petite enfance de mon frère aîné. « Yûji, tu sais, disait-elle, dès qu'il a su parler, il s'est mis à dire des choses bizarres. Par exemple, que Dieu le surveillait tout le temps. Mais quand je lui demandais de quelle manière, il se taisait. Une seule fois, il m'en a parlé clairement. Il était encore à moitié endormi, je crois bien qu'il venait de faire un rêve. Mais il m'a dit qu'il y avait un œil à chaque coin du plafond. Je lui ai caressé la tête en disant : "Ce n'est rien, tu as fait un cauchemar", mais il a répondu : "Non, ce n'était pas un cauchemar, les yeux sont là tout le temps..." J'ai été un peu étonnée, je dois dire. Je me suis même inquiétée, en me demandant s'il n'était pas atteint d'une maladie mentale, mais comme ensuite il n'en a plus reparlé, les choses en sont restées là. Il y a eu aussi cette période où il avait pris l'habitude de répéter sans arrêt : "Je suis un être choisi par Dieu." »

Ainsi, ce que ma mère m'avait raconté autrefois sur la petite enfance de mon frère, en réponse à mes demandes insistantes, coïncidait parfaitement avec ce que Yasuda venait de me dire.

Cela excitait au plus haut point l'intérêt de l'observateur que j'étais : mon frère s'était donc pris pour un élu de Dieu tout au long de sa vie ?

« Yûji t'a-t-il dit pour quelle mission il pensait avoir été choisi ? demandai-je à Yasuda après avoir bu ma deuxième bière.

— Pas précisément. Il devenait toujours évasif

quand on parlait de ça... Il répondait par exemple que Dieu ne lui avait pas encore expliqué sa mission, ou qu'Il voulait d'abord l'éprouver pour vérifier s'il était adapté à sa tâche... Ou encore qu'il attendait le jour où la révélation divine descendrait sur lui. »

Yasuda reprit son souffle, fit une pause avant de reprendre :

« D'ailleurs, ton frère parlait très souvent de ça, et pas seulement devant moi. Il tenait ce genre de propos devant les autres employés du magasin, ou devant des clients. Et comme ce n'était pas quelqu'un de bavard d'habitude, je me suis fait un peu de souci à ce sujet, et je lui ai dit un jour, alors que nous étions seuls tous les deux : "Écoute, Yûji, il vaut mieux ne pas trop parler de ça devant les gens, moi, ça ne me dérange pas, mais les autres te regardent bizarrement, tu sais." Mais lui, il m'a répondu : "Ne t'inquiète pas, c'est très bien comme ça." J'ai insisté, lui ai demandé pourquoi. Apparemment, c'est parce qu'il cherchait des gens ayant vécu des choses similaires. Ses paroles s'adressaient à ceux qui auraient pu faire la même expérience, tu vois, c'était une sorte d'appel adressé à ses pareils. Il se fichait pas mal de ce que la majorité pouvait penser, si ça pouvait lui permettre de rencontrer des gens de la même espèce que lui. »

Nous nous fîmes face un moment en silence. Le bar commençait à être bondé. Les voix des employés de bureau assis autour de nous étaient plus fortes qu'à notre arrivée.

« Et toi, tu étais de la même espèce ? » demandai-je à voix basse, comme si je m'adressais à moi-même.

Yasuda répondit dans un murmure, comme s'il parlait tout seul lui aussi :

« Oui, nous étions de la même espèce. »

Nous décidâmes de boire une dernière bière avant de quitter le bar.

« Si on allait danser ? » proposa Yasuda.

11

Nous roulions dans la nuit en direction de Shibaura, sur la Vespa blanche de Yasuda. Les taches colorées des enseignes au néon qui bordaient la route traversaient notre champ de vision à toute vitesse. L'air moite collait à nos visages comme la main d'un assassin étouffant sa victime. Bras tendus, mains serrées sur le guidon, Yasuda hurla comme un fou tout le long du trajet ; ses borborygmes incompréhensibles me brisaient les tympans.

Les deux bras autour de son ventre, je me cramponnais à lui mais, curieusement, je n'avais pas peur. Au contraire, j'étais rassuré par l'agréable contact de la chair tiède sous mes doigts, des muscles que je sentais tressaillir à chaque cri. Une joue contre son dos, je regardais défiler la ville et toutes ses chimères. L'alcool que nous avions bu stimulait mon système nerveux et me donnait l'impression de voler en plein ciel.

Le corps de mon frère, je ne l'avais touché

qu'une fois dans ma vie, peu après mon entrée à l'école primaire. C'était d'ailleurs mon seul souvenir d'un geste tendre de sa part.

À l'époque, il faisait partie de l'équipe de rugby du lycée. Ce jour-là, assis sur la pelouse, il astiquait soigneusement son ballon ovale, d'une trentaine de centimètres.

« Il a une drôle de forme », lui avais-je fait remarquer, en épiant craintivement sa réaction.

À mon grand étonnement, il émit un petit rire timide et répondit : « Il est très difficile à attraper, tu sais, on ne sait jamais où il va retomber. » Sur ces mots, il le lança vers moi. J'essayai de le saisir mais il me percuta la poitrine et me glissa entre les bras. Je restai un instant décontenancé, sous l'effet de la surprise autant que de la douleur.

Ensuite, je me jetai à sa poursuite. Le ballon rebondissait sur la pelouse. Tout honteux de n'avoir su recevoir la passe envoyée par mon frère, je sentis le sang me monter à la tête. Tandis que je titubais derrière le ballon qui continuait à m'échapper, roulant à droite et à gauche, les bras de Yûji encerclèrent soudain ma taille. Il me souleva avant que j'aie eu le temps de dire ouf; je fis un tour dans les airs, puis retombai sur la pelouse. J'avais juste eu le temps d'entrevoir le ciel bleu puis des toits couleur de bronze apparurent soudain dans mon champ de vision.

« Si tu hésites comme ça, tu te fais plaquer au sol aussitôt ! » me lança Yûji en riant, avant de ramasser le ballon d'une main. Les fesses par terre, je levai les yeux vers lui : il se dressait au-dessus de moi de toute sa taille, comme un démon gardien de temple.

La scène n'avait duré que quelques secondes, mais la sensation laissée par le contact de ses bras puissants, de son corps musclé, resta longtemps imprimée sur mon ventre.

Un an plus tard à peine, il abandonnait le rugby. « Le sport en équipe, ça ne lui convenait pas », expliqua ma mère à mon père, et il est vrai que le plus étrange dans tout cela était que Yûji ait pu participer une année entière à une activité de groupe.

Yasuda continuait à pousser ses cris étranges. Silencieux sur le siège arrière, je remettais inté-rieurement ma vie entre ses mains. La Vespa pen-chait dangereusement de biais en se faufilant à une vitesse effrayante entre les voitures bloquées par les embouteillages.

Au milieu du ciel bas chargé de nuages, on voyait se dresser la Tour de Tokyo et son sommet couronné de lumières orange. Ces points cligno-tants me faisaient penser à des créatures vivantes grouillant au milieu des nuées menaçantes.

De temps en temps, une grosse goutte venait

s'écraser sur ma joue ou mes mains. L'orage semblait imminent, et les hurlements de Yasuda résonnaient comme ceux d'un sorcier implorant la pluie.

Sur une piste de danse, Yasuda devenait un autre homme. Lorsqu'il s'abandonnait aux rythmes saccadés qui emplissaient la salle, il n'avait plus rien du timide vendeur de plantes du Jardin d'Éden. Les éclairs successifs des stroboscopes fixaient des instantanés de sa silhouette sur un fond d'obscurité. Cumulant la précision d'une machine avec la souplesse d'un organisme vivant, son corps fin et musclé ondulait en accord avec le tempo, se détendant et se contractant avec vivacité aux accents syncopés de la musique.

Je le regardais danser comme un possédé, d'un œil où le mépris le disputait à l'envie. J'observais le tee-shirt trempé de sueur qui lui collait à la peau, l'éclat des dents blanches qu'il découvrait dans un sourire chaque fois qu'il se tournait vers moi, les talons infatigables, qui continuaient à marquer les pas comme s'ils étaient en caoutchouc.

Pour ma part, j'étais incapable de danser. C'était la première fois de ma vie que je mettais les pieds dans une discothèque, mais cela n'expliquait pas tout. Je ne parvenais pas à me détacher de mon univers mental. Pis encore, j'avais dressé une muraille entre moi et le monde extérieur, et je repoussais obstinément les invitations de cette musique au rythme endiablé. Je la rejetais comme si j'y étais allergique.

Je ne ressentais pas la moindre once de ce plaisir que les danseurs éprouvaient sûrement en sentant vibrer dans leur bas-ventre les basses crachées par les haut-parleurs. La forte odeur de sueur qui régnait dans la discothèque et les flashes répétés des stroboscopes m'agressaient à tel point qu'au bout d'une demi-heure il me devint insupportable de rester là plus longtemps.

La sensation de malaise qui faisait grincer mes nerfs depuis le début s'était muée en souffrance psychique. En regardant danser, dans un oubli total d'eux-mêmes, ces jeunes gens pourtant de la même génération que moi, je me sentais accablé de solitude, comme si j'étais le seul à appartenir à une espèce différente.

Debout au bord de la piste, toujours tiraillé entre mon esprit qui refusait de s'accoutumer et mon corps qui refusait de bouger, je me mis à observer les danseurs un par un. La pensée que j'étais le seul incapable de trouver sa place dans cette atmosphère me taraudait.

Soudain, je me rendis compte que Yasuda, qui

dansait jusque-là près de moi, avait disparu. Je me sentis complètement désarçonné, comme un enfant abandonné tout à coup dans un quartier inconnu. Peut-être était-il tout simplement allé aux toilettes, mais je me mis à le chercher avec des regards affolés. J'avais la gorge sèche, j'étais en sueur. Traversant la foule, me faufilant entre les danseurs, je cherchai mon compagnon partout. Ne le voyant nulle part, je montai au premier étage, où se trouvait une autre piste. Mais était-ce vraiment Yasuda que je cherchais avec une telle fébrilité? Où bien était-ce mon frère?

Je me retrouvai hors de la discothèque, complètement décontenancé, les larmes aux yeux.

Il était minuit passé quand je sonnai à l'interphone de l'appartement de Hisami Shinoda. À ma sortie de la boîte de nuit, j'avais dû affronter une pluie battante. Le tonnerre grondait, le ciel au-dessus de la voie express était zébré d'éclairs, suivis de violents coups de tonnerre évoquant une attaque aérienne. Après avoir traversé le hall d'entrée encombré de clients qui attendaient une accalmie pour sortir, je m'étais retrouvé dans la rue et avais marché jusqu'à la station de métro la plus proche, sous les rafales de pluie et les gerbes d'éclaboussures des voitures qui me dépassaient à toute vitesse. Après plusieurs changements, et en me trompant maintes fois de ligne, j'avais fini par descendre à la station précédant celle du quartier où Hisami Shinoda habitait.

Au bout d'un moment, la voix de la jeune femme résonna dans l'interphone :

« Qui est-ce ? »

La gorge nouée, je collai ma bouche contre le micro pour répondre :

« C'est moi, Takaku. Excuse-moi de venir comme ça en pleine nuit, mais...

— C'est toi ? À cette heure-ci ? Mais qu'est-ce qui t'arrive ? »

Sa voix avait changé. J'y discernai de la sollicitude, de l'inquiétude, et également une certaine méfiance.

Je ne savais pas très bien moi-même ce qui m'avait poussé à me conduire de façon aussi inconvenante : rendre visite tard dans la nuit à une jeune femme vivant seule, et, de surcroît, sans aucun motif valable.

Je ne sus que répondre. Je me sentais perturbé. L'idée d'un malentendu qui me rendrait détestable à ses yeux suscitait en moi une soudaine angoisse. Un flot d'excuses m'échappa :

« Je suis désolé, je ne sais pas ce qui m'a pris, je reviendrai une autre fois, pardon.

— Euh, attends... »

Trente secondes plus tard, Hisami apparaissait

dans l'entrée. Elle avait juste pris le temps d'enfi-
ler un pull par-dessus son pyjama.

J'inclinai la tête en guise d'excuses.

« Qu'y a-t-il ? Mais tu es trempé ! »

Ses prunelles brillaient délicatement. En même
temps, elles semblaient transparentes comme de
l'eau.

Je restais figé sur place, comme aspiré par la
beauté de ce regard. Je sentais bien qu'il devenait
urgent que je dise quelque chose, mais les mots
qui auraient dû traduire ma pensée éclataient
comme des bulles avant même de se transformer
en sons. Mes yeux étincelaient, tandis que mes
lèvres crispées demeuraient obstinément closes.
Voyant que je continuais à me taire, Hisami
lança au bout d'un moment :

« Attends-moi ici, je reviens tout de suite. »

Sur ce, elle disparut à l'intérieur de
l'immeuble.

La pluie s'était arrêtée sans que je m'en rende
compte. Les alentours étaient à nouveau parfaitement paisibles, on eût dit que l'orage et les coups
de tonnerre n'avaient jamais existé. Seules des
gouttes tombaient de l'auvent, s'écrasant à grand
bruit sur le sol de béton.

Au bout d'un moment, Hisami Shinoda
revint, une serviette de bain dans une main et
une tasse de café chaud dans l'autre. Elle m'es-

suya le visage avec la serviette ; j'avalai le café brû-
lant, et commençai à me sentir revivre.

« Ça va mieux, non ? » dit-elle au bout d'un
moment, me voyant plus calme.

J'eus soudain honte de moi, et de mon attitude
puérile.

« Excuse-moi, j'ai vraiment perdu les pédales.
Je ne sais pas comment t'expliquer, c'était comme
si je ne me contrôlais plus.

— Ce genre de choses arrive, dit-elle en
hochant la tête, ses grands yeux pleins de lumière.

— Tout d'un coup, j'ai réalisé que j'étais
devant chez toi, mais je ne sais pas par quel
miracle je me suis retrouvé là. Peut-être que je
comptais sur ta gentillesse et que je me suis
raccroché à toi parce que, dans un coin de ma
tête, je savais que tu avais été la petite amie
de mon frère. Excuse-moi. C'était vraiment
indiscret de ma part de venir si tard dans la
nuit. »

J'inclinai profondément la tête, elle répondit
par de petits signes de dénégation.

« Mais non, ce n'est rien. Tu peux compter sur
moi quand tu veux, si quelqu'un comme moi te
convient. Je ne vais tout de même pas refuser
mon aide au petit frère de Yûji ! »

Partagé entre le désir de rester auprès d'elle le
plus longtemps possible, et la nécessité de partir

avant que ma présence ne commence à devenir pesante, je me raidis, immobile.

Elle, c'était une adulte.

Une vraie femme, totalement hors de ma portée.

Nous nous observâmes un moment en silence. Contrairement à moi, qui étais prêt à détourner le regard à tout moment, Hisami me fixait de ses grands yeux noirs, sans ciller. Jusqu'où parvenait-elle à déchiffrer l'intérieur de mon esprit, et à comprendre ce que je ne pouvais mettre en mots ? Mon cœur battait à se rompre sous l'avertissement que semblaient lancer ses pupilles.

Je lui tendis la serviette et la tasse vide, murmurai « Merci » d'une voix tremblante, puis lui tournai le dos et dévalai l'escalier de pierre détrempé par la pluie.

12

Je passai plusieurs jours allongé sur le lit en fer de mon frère, à contempler le plafond dans la semi-pénombre, tendant l'oreille aux grincements désagréables du sommier chaque fois que je me retournais.

Finalement, je n'avais pas récolté le moindre indice utile, ni auprès de Hisami Shinoda, ni de Yasuda, ni d'Atsuko Iwano. Il me semblait que mes visites au collègue de travail et aux deux anciennes maîtresses de Yûji avaient seulement servi à remuer son passé et m'avaient éloigné davantage encore de son présent.

Mon frère avait disparu. S'il l'avait fait de sa propre volonté, intelligent comme il l'était, il avait certainement veillé à ne laisser aucune trace permettant de le retrouver. Dans ce cas, j'aurais beau rencontrer tous les êtres qu'il avait croisés au cours des dix dernières années, je parviendrais seulement à effleurer les innombrables empreintes de pas qu'il avait laissé derrière lui, mais je resterais incapable de toucher la réalité de ce qu'il était maintenant, où qu'il fût dans le monde.

Tandis que je réfléchissais de la sorte, un soupir m'échappa : mon sentiment d'impuissance, mon impression d'être égaré dans un labyrinthe ne faisaient qu'augmenter. À ce moment-là, c'est étrange, mais je commençais à être persuadé que mon frère ne se trouvait plus dans cette ville.

Environ dix jours après mon arrivée à Tokyo, toujours en proie au même sentiment d'impuissance, j'avisai à un moment donné le téléphone posé par terre devant moi et appuyai, sans raison particulière, sur la touche de rembobinage des messages. La ligne elle-même était coupée, mais rien ne m'indiquait si c'était à la suite d'une demande émanant de Yûji, ou tout simplement parce qu'il n'avait pas payé sa facture. La fonction répondeur, cependant, était toujours en état de marche, et la bande magnétique contenait probablement les messages enregistrés entre son départ et le moment où son téléphone avait cessé de fonctionner.

Le bip de début de message résonna étonnamment fort dans la pièce, puis des grésillements divers s'échappèrent du haut-parleur. L'attention soudain en éveil, je me redressai.

« Allô, allô ! Il n'y a personne ? Tu es là, non ? »

Je reconnus aussitôt la voix de Hisami Shinoda. Un long silence suivit ces premiers mots : elle devait être en train de se demander si Yûji était vraiment chez lui ou non.

« Pourquoi tu ne m'appelles pas ? Dis, qu'est-ce que je suis pour toi ? Tu m'appelles seulement quand tu as besoin de moi, comme une call-girl, c'est ça ?... Tu n'as pas besoin de moi ?... Tu n'es pas triste sans moi ? Moi, je serais près de toi, si tu voulais. Je voudrais tant être près de toi... »

Sa voix se cassait par moments, soit parce qu'elle parlait trop près du combiné, soit sous l'effet de l'émotion. L'écho du mot « call-girl » résonna longtemps dans mes tympans.

« Écoute, peut-être que je joue les victimes, mais j'ai l'impression d'être une gêne pour toi... C'est bien ça, non ?... Tant pis, de toute façon, tu peux penser ce que tu veux de moi. »

Elle laissait passer un silence entre chaque phrase. Ensuite elle poussa un petit soupir et termina sur ces mots, avant de raccrocher :

« Tu sais, je vais tout raconter à la police. Ça t'est égal, hein... ? »

« Tout » raconter à la police ? De quoi parlait-elle ? Les battements de mon cœur s'accélérèrent, comme si j'étais un chien policier venant de flairer une piste.

Le bip de fin de message qui suivit vint aussitôt tempérer mon excitation, tandis qu'un autre message commençait à retentir dans la pièce :

« Allô, Yûji ? C'est Atsuko. Merci pour l'autre soir. J'étais heureuse d'être avec toi. Même si tu es avec Hisami Shinoda maintenant, ça ne fait rien, puisqu'on a pu passer ce moment ensemble. Pardonne-moi de t'appeler, je sais bien qu'en ce moment tu te sens déchiré entre elle et moi, et que tu souffres. Mais je suis comme ça, je ne peux pas laisser Hisami Shinoda t'enlever à moi sans rien dire. Je suis sûre que c'est moi que tu finiras par choisir. Et je ferai tout ce que je peux pour que ça arrive... J'ai envie de te voir le plus vite possible. J'attends ton appel. »

La voix d'Atsuko Iwano était étrangement douce et tendre. Les mots qu'elle prononçait, transmettant directement son émotion, indiquaient sans ambiguïté le rôle qu'elle tenait dans cette histoire.

La bande continua à se dérouler.

« Allô, ici Agawa. Euh, Yûji, qu'est-ce que je dois faire de ce que tu m'as donné la dernière fois juste avant qu'on se quitte ? Appelle-moi pour me le dire. Tel que je te connais, tu as sûrement oublié le numéro de mon travail, je te le redonne. C'est le xxxx xxxx. Appelle-moi sans faute, hein. On repassera une soirée ensemble, okay ? Allez, bye. »

Ce troisième message était énoncé par une voix féminine que je n'avais jamais entendue. Avec combien de femmes mon frère entretenait-il des relations ? De quel genre de relations s'agissait-il, d'ailleurs, dans le cas présent ? Je notai soigneusement le numéro de téléphone laissé par la dénommée Agawa, et me remis à penser à Yûji. Je commençais à le voir sous les traits d'un play-boy.

La bande contenait encore plusieurs messages de femmes (dont l'une qui insultait mon frère, et une autre qui pleurait tellement qu'on ne comprenait rien à ce qu'elle disait). Un seul, le dernier, émanait d'un homme :

« Allô, c'est Yasuda. J'ai pris nos billets à destination d'Obihiro pour demain. On n'a qu'à se retrouver à midi, devant le guichet. Rappelle-moi pour me confirmer que tu as eu ce message. Ça serait bien qu'on arrive avant la première neige sur le mont Daisetsu. Il n'y a plus qu'à prier Dieu... »

Les enregistrements s'arrêtaient là, après une dernière série de bips.

Je restai un moment debout au milieu de la pièce, les yeux fixés sur le téléphone, l'esprit ailleurs.

Le Yûji que j'avais connu n'était pas roué au point de pouvoir mener de front plusieurs relations féminines. À dix-huit ans, il était même si timide qu'il était capable de quitter immédiatement une pièce si une femme se trouvait près de lui. Il serait à peine exagéré de dire qu'il semblait allergique à l'autre sexe.

Je me rappelle qu'un jour une vague cousine était venue nous voir de Tokyo en compagnie d'une de ses amies. Elles avaient passé à peu près une semaine chez nous ; pourtant, à ma grande surprise, Yûji s'était arrangé pour ne pas apparaître une seule fois en leur présence. C'était un véritable tour de force, car notre maison n'était pas grande au point de pouvoir y vivre à plusieurs sans se croiser. J'étais encore à la maternelle à l'époque, mais une phrase de notre cousine m'était restée en mémoire : « Dis donc, ton frère, ce ne serait pas un fantôme ? » Elle avait parlé fort et d'un ton hargneux, pour être sûre d'être entendue par l'intéressé, enfermé à ce moment-là dans sa chambre. Sans aucune doute, l'éclat de rire des deux filles à la suite de cette remarque ne lui avait pas non plus échappé.

Cependant je ne pouvais rien trouver à redire au fait que l'attitude de mon frère envers les femmes fût différente aujourd'hui. Après tout, dix années s'étaient écoulées. Les gens changent, c'est normal.

Tout en me faisant ces réflexions, je pris une

profonde inspiration et m'efforçai de reprendre ma position d'observateur détaché.

Je regardai à nouveau le téléphone qui avait roulé à mes pieds. Les rayons du soleil, à travers la fenêtre, venaient briller directement sur cet ancien modèle avec répondeur. Sous cet éclairage, il avait l'air de flotter légèrement au-dessus du sol.

En des lieux totalement inconnus de moi, différents cercles superposés se recoupaient, formant un étrange tableau au centre duquel se trouvait mon frère. Et il existait d'autres cercles encore, sans aucun doute. Quand ils se seraient tous manifestés, mon frère se manifesterait-il lui aussi ? Il me semblait qu'au contraire ces cercles ne feraient que créer un épais rideau de brume, rendant plus opaque encore la réalité au cœur de laquelle évoluait Yûji.

À cette pensée, je m'agenouillai et appuyai d'un geste ferme sur la petite touche qui commandait l'annonce du répondeur. La bande commença à se dérouler en ronronnant, le micro grésilla, puis une voix masculine un peu rauque, comme voilée par un écran de fumée, annonça d'un ton plat, plutôt maussade :

« Hem, je suis sorti, merci de laisser un message. »

Suivait un long bip électronique.

J'appuyai aussitôt sur le bouton pour écouter à nouveau l'annonce.

« Hem, je suis sorti, merci de laisser un message. »

La voix était basse, difficilement audible, mais en faisant un petit effort, je pouvais y reconnaître celle de mon frère.

Elle ne faisait plus du tout la même impression que dix ans plus tôt : elle avait pris de l'épaisseur, de l'assurance. Le changement était tel que si j'avais entendu cette annonce dans un contexte différent, sans savoir qu'il s'agissait de Yûji, je n'aurais sans doute même pas pensé à lui.

« Hem, je suis sorti... »

Allongé sur le lit, je m'exerçai un long moment à imiter la voix de ce frère à propos duquel je n'avais plus la moindre certitude.

13

Quelques jours plus tard, je me trouvais devant un kiosque à journaux, dans une rue du quartier des affaires bordée de hauts immeubles de bureaux, à attendre une femme du nom de Maki Agawa. J'avais composé le numéro qu'elle avait laissé sur le répondeur de Yûji, lui avais expliqué les circonstances de mon appel et étais parvenu à lui arracher un rendez-vous : elle m'avait accordé une demi-heure pendant sa pause-déjeuner.

Elle arriva avec cinq minutes de retard, traversa le passage piéton en courant et se dirigea droit vers moi :

« C'est vous, M. Takaku ? »

Je hochai la tête ; ses traits se détendirent aussitôt.

Elle était grande — elle avait presque la même taille que moi —, et jolie. Mais, contrairement à Hisami Shinoda, son visage souriant, empreint de générosité, ne donnait pas la moindre impression de nervosité.

« J'ignorais que Yûji avait un frère cadet, dit-elle. Il m'a souvent parlé de l'aîné, mais jamais de vous. »

Lorsqu'elle me fit cette déclaration, tout en scrutant intensément mes traits, je restai un moment sans voix, la bouche ouverte. Mon cerveau avait du mal à capter précisément le sens de ses paroles. Au bout de quelques secondes, je lui demandai de répéter. Elle s'exécuta, tout en rajustant des mèches de cheveux que le vent ébouriffait :

« J'ai dit que je ne savais pas que Yûji avait un petit frère, il m'avait seulement parlé de l'aîné. »

Je fermai la bouche, rentrai un peu le menton, et répétai en la regardant fixement :

« L'aîné ? »

Maki Agawa hocha la tête sans cesser de sourire :

« Oui, son aîné de neuf ans, si je me souviens bien. »

Les mains croisées derrière la nuque, je répétai à nouveau, si éberlué que j'en oubliai même de ciller :

« Son aîné de neuf ans ?!

— Oui, pourquoi ? Il n'existe pas, ce frère aîné ? »

L'air vaguement embarrassé, elle poursuivit :

« C'est bizarre, tout de même. Il m'en parlait

chaque fois qu'on se voyait. Il avait l'air tellement fier de lui.

« — Mes parents n'ont eu que deux fils, me hâtai-je d'expliquer.

— Vraiment ? » s'écria-t-elle avec un petit accent soupçonneux.

Je la questionnai aussitôt, sans lui laisser le temps de reprendre son souffle :

« Qu'est-ce qu'il vous disait de lui ?

— Euh, eh bien... », balbutia-t-elle en me fixant avec des yeux ronds.

Puis elle fronça les sourcils et parut fouiller dans ses souvenirs.

Je ne sais pourquoi, je ne pouvais m'empêcher de me sentir honteux. Quel besoin Yûji avait-il de mentir de la sorte ? Et pourquoi parler de neuf ans de différence, exactement le nombre d'années qui le séparaient de moi ? En proie à des sentiments mêlés, je gardai les yeux fixés sur les lèvres de la jeune femme, attendant qu'elle veuille bien parler.

« Ah oui, il disait que quand il était petit il admirait beaucoup son frère et qu'il l'observait sans cesse. Il avait un complexe d'infériorité vis-à-vis de lui, c'est évident, il n'arrêtait pas d'énumérer ses mérites. Enfin, je pense que ce genre de phénomène existe dans toutes les familles où il y a deux garçons. »

J'avais l'impression que Yûji en personne lui dictait ces mots. Je jetai un regard circulaire sur les alentours, me demandant s'il n'était pas dissimulé quelque part, en train de nous épier. Le sang bouillonnait dans mes veines, mais je restai silencieux, les yeux rivés à terre. Maki Agawa, debout devant moi, les bras croisés, murmura au bout d'un moment :

« Mais, dites, vous êtes vraiment son frère ? Yûji m'a dit très clairement un jour qu'il avait un aîné mais pas de cadet, je m'en souviens. Peut-être que la personne que vous cherchez est un homonyme... »

C'est peu de dire que je me sentis troublé. Je devins blême, comme saisi soudain par un doute existentiel d'une profondeur infinie.

« Yûji m'a dit très clairement qu'il n'avait pas de cadet... » Des bribes de phrases résonnaient dans ma tête. « Pas de frère cadet... Pas de frère cadet... Pas de frère cadet... » Si Yûji avait pu dire cela, c'est qu'il en était sincèrement persuadé. L'idée que mon existence ait pu être complètement oblitérée dans son esprit me plongeait dans un abîme de souffrance et de désespoir.

Secouant la tête avec véhémence sous les yeux de Maki Agawa qui me regardait avec de plus en plus de méfiance, je cherchai désespérément une preuve du fait que j'étais bien le véritable frère de

Yûji Takaku. J'exhibai mon permis de conduire, obtenu tout récemment, le brandis sous les yeux de la jeune femme. Je lui livrai en vrac tout ce que je savais de mon frère : sa date de naissance, son groupe sanguin, son signe astrologique, ses manies, ses particularités physiques, son lieu de naissance...

« C'est bon, c'est bon, j'ai compris, finit-elle par murmurer avec un petit sourire forcé, soit parce que ma véhémence l'avait réellement convaincue, soit parce qu'elle avait pitié de moi. Mais, reprit-elle, si vous êtes son frère, pourquoi Yûji m'a-t-il caché votre existence ?... »

En l'entendant prononcer ces mots, je sentis toute ma tension se relâcher brusquement et le vide envahir mon esprit.

« Je me demande vraiment pourquoi..., murmura Maki Agawa d'un air plein de gentillesse en me voyant sur le point de fondre en larmes. Vous savez, poursuivit-elle, il avait l'habitude de tourmenter les gens sans raison, ou de raconter des histoires avec le plus grand sang-froid sans qu'on puisse savoir s'il était sérieux ou s'il plaisantait. Il est bien possible qu'il m'ait menti tout le temps. Je ne comprends pas quel besoin il avait de le faire, mais c'était un être tellement étrange... »

Nous restâmes silencieux un moment.

« Euh, vous disiez que Yûji parlait avec admiration de ce prétendu aîné. Quel genre de choses disait-il ? » demandai-je non sans avoir longuement hésité.

Elle haussa les épaules avec fatalisme avant de répondre :

« Il disait que son frère avait quitté la maison très jeune... Qu'il fuguait souvent quand il était petit. Qu'il était même allé seul jusque dans le Hokkaido, alors qu'il n'était encore qu'un écolier. Ça me paraissait un peu invraisemblable, je dois dire, mais il racontait ce genre d'anecdotes avec un tel accent de vérité... On aurait dit qu'il avait vécu ces expériences lui-même. Il disait que la personnalité de son aîné l'avait toujours intrigué. Il se demandait pourquoi il faisait ce genre de choses. Il ajoutait même en riant : "J'ai fini par me rendre compte qu'être l'observateur des faits et gestes de mon frère constituait mon unique raison de vivre." »

Ensuite, Maki Agawa déclara qu'elle avait faim, et je l'accompagnai dans un café du quartier pour manger un morceau. En y entrant, je me sentis soulagé de pouvoir enfin m'asseoir, et me laissai aller sur mon siège comme si toutes mes forces m'abandonnaient soudain. Pendant une vingtaine de minutes, Maki Agawa me parla de Yûji. Tout en grignotant un sandwich, elle me raconta ses derniers faits et gestes avant sa disparition. Cependant, ce qu'elle me disait entrait par une oreille et ressortait par l'autre sans que mon cerveau en gardât la moindre trace. Mon café refroidissait devant moi. Affalé sur ma chaise devant la jeune femme, j'avais l'impression que mon corps se liquéfiait et disparaissait peu à peu.

Pour être franc, une indifférence totale vis-à-vis de mon frère commençait à m'envahir. Mon cerveau semblait avoir cessé toute activité, je me transformais en pierre.

Quand elle eut fini de manger, Maki Agawa m'annonça d'un air candide qu'elle devait retourner travailler. Elle sortit une enveloppe de son sac à main et me la tendit en disant que Yûji la lui avait confiée avec pour consigne de la garder jusqu'à ce que le moment soit venu.

« Je pense que le moment est venu », ajouta-t-elle en se levant pour partir.

Je la regardai s'en aller, le cœur serré, puis avalai une gorgée de mon café froid.

J'ouvris l'enveloppe dans le métro, sur le chemin du retour. J'avais l'esprit tellement embrumé que je ne sais même plus où me conduisirent mes pas une fois sorti du café. Il me semble avoir erré un moment dans le parc qui jouxte le quartier des affaires, mais mes souvenirs se perdent dans le brouillard. Je me rappelle seulement m'être retrouvé dans la cohue des employés lors de la sortie des bureaux : plusieurs heures s'étaient donc écoulées depuis le départ de Maki Agawa.

Pendant que j'attendais la rame, debout sur le quai, je faillis jeter l'enveloppe dans la poubelle la plus proche, mais j'hésitais encore quand le train arriva, et finalement je ne passai pas à l'acte.

Écrasé par la foule contre la porte vitrée du wagon, je me convainquis que je subissais là une épreuve que m'envoyait la vie. Ravalant la rage sans objet qui s'élevait en moi, je déglutis puis, la gorge sèche, ouvris l'enveloppe.

Jouant des coudes dans les ventres, les épaules et les dos pressés contre moi, je dépliai le papier à lettres contenu dans l'enveloppe. Une feuille blanche en protégeait une autre, sur laquelle je pus lire ces mots, tracés avec l'écriture penchée de mon frère :

J'ai décidé de mourir. N'essaie pas de me retrouver.

Chaque fois que la rame s'arrêtait dans une gare, les passagers se bousculaient pour monter et descendre. Lorsque le métro arriva à la station où je devais changer, je laissai négligemment tomber au milieu du flot humain qui déferlait sur le quai la feuille portant ces quelques mots de la main de mon frère.

14

Yûji était mort. Telle était l'unique vérité qui ressortait du message qu'il avait confié à Maki Agawa avant de disparaître. Peu importait la raison pour laquelle il avait voulu se suicider, peu importait le moyen qu'il avait employé. Il n'était plus de ce monde, les faits se résumaient à cela.

Sans aucun doute, pareille conclusion était peut-être prématurée. Rien ne venait corroborer la réalité de cette mort sans cadavre. Il n'existait aucune preuve, en dehors de l'annonce faite par mon frère lui-même, sur un petit bout de papier.

Peut-être était-il encore vivant. Peut-être avait-il perdu la mémoire et vivait-il quelque part en province, ayant oublié jusqu'à son nom. Mais dans ce cas-là, ce n'était plus mon frère, ce n'était qu'une coquille vide. À l'instant où il avait rédigé ce message d'adieu, Yûji avait cessé d'exister.

Sa mort était contenue dans ces quelques mots. En les écrivant, il avait réussi à se rendre absent pour l'éternité. Je pouvais dire aussi, sans exagération, que c'était moi qui avais établi le constat de sa mort. Peut-être avais-je ainsi accompli, en un sens, un devoir qui m'incombait en tant que témoin de la vie de mon frère.

Je passai la semaine qui suivit ma rencontre avec Maki Agawa à me dépouiller de tout ce qui avait jusqu'alors constitué l'essentiel de mon existence.

Chaque matin, je guettais en silence le lever du soleil puis, à la fin du jour, le regardais se coucher. Je restai même une journée entière allongé sur le lit, à contempler les motifs que dessinaient les rayons sur le plancher au fur et à mesure que les heures s'écoulaient. Les jours se répétaient, chacun semblable à l'autre, matinée, midi, et soir se succédant sans le moindre changement. Pourtant, cette semaine-là — à mes yeux aussi longue qu'une année entière — me délivra d'une présence qui m'empoisonnait de l'intérieur depuis l'enfance : celle de mon frère.

Je le sentais s'effacer graduellement de ma vie. C'était un événement révolutionnaire, étant donné qu'il avait été mon point de repère et mon idéal depuis l'âge le plus tendre. Pourtant, à l'issue de cette longue semaine durant laquelle je fus incapable de mettre le nez dehors, sa présence se trouva totalement éradiquée de mon esprit. J'étais parvenu à gratter complètement cette rouille qui adhérait jusque-là au moindre recoin de mon âme, et je me sentais dans le même état qu'un malade qui se débat, en proie à la fièvre, entre la vie et la mort, et qui, une fois passé le seuil critique, revient lentement à la vie.

On était déjà le 20 mars. Il ne me restait plus que dix jours avant de quitter cet appartement. J'envisageai de rassembler les affaires de Yûji et de les rapporter en province. L'année universitaire commençait en avril et puis, même s'ils étaient peu nombreux, je ne pouvais faire abstraction des quelques membres de notre famille qui attendaient mon retour avec inquiétude. Cependant, je me rendis compte que je serais incapable de mener ce projet à bien, et je choisis de m'abandonner encore un peu au cours du temps et des événements avant de prendre une quelconque décision. En fait, je n'avais pas d'alternative. J'étais incapable de bouger, c'est tout. Le fantôme de mon frère avait disparu, mais il avait emporté avec lui toute l'énergie qui me restait.

À la suite de cette fameuse semaine semblable pour moi à un long tunnel débouchant sur le paradis, le monde commença à s'altérer légèrement sous mes yeux.

Un matin, au réveil, je sentis une différence dans l'atmosphère. Un froid piquant comme une pelote d'aiguilles s'efforçait d'envahir la pièce. Les rais de soleil qui filtraient à travers la vitre étaient différents des autres jours. Leur lumière blanche avait perdu toute douceur et me transperçait comme une lame. Rien n'avait changé depuis la veille dans l'appartement, mais une sorte de bruissement l'avait envahi, comme s'il se trouvait désormais dans une autre dimension.

Tandis que je restais hébété, les yeux dans le vague, une ombre passa devant moi. Je vis ainsi traverser le mur, les uns après les autres, comme des moutons dans un pâturage, des sortes de fantômes dont la tête était reliée directement au tronc. Ils surgissaient sans bruit de derrière les étagères à livres, la porte fermée, le mur couvert de taches, puis disparaissaient dans l'irréalité. Assis sur le lit, j'assistai à ces phénomènes sans la moindre réaction, l'œil fixe, comme si mon corps était éveillé et mes émotions encore endormies.

Je me sentais comme un papillon sorti de sa chrysalide, déployant ses ailes dans le ciel, mon corps était bien plus léger qu'une semaine plus tôt. Riant sous cape sans même savoir pourquoi à l'évocation de mes souvenirs, j'allai me promener dans les allées du parc situé juste à côté de l'appartement de mon frère. Les branches tordues des cerisiers dissimulaient le ciel. À leur extrémité, des boutons prêts à s'épanouir se tendaient comme des seins de jeune femme enceinte. J'attrapai une branche à ma hauteur et en cassai sans raison un morceau d'une trentaine de centimètres. Dans un craquement, le cœur tendre et rosé apparut sous l'écorce brune. Un tressaillement me parcourut, comme si j'avais blessé un être vivant. Je léchai l'intérieur de la branche, cela me laissa un goût amer sur le bout de la langue.

Le soleil dessinait par terre un lacis de formes, découpant le sol devant moi comme un puzzle, tandis que j'avançais sous les arbres. De temps à autre, le vent faisait trembler ces dessins comme des reflets au fond d'une piscine. Par intermittence, des rafales plus violentes que les autres envoyaient voltiger des sacs en plastique ou des feuilles de journaux, me rappelant que le monde n'était pas immobile.

Un peu plus loin, je découvris un cadavre de souris à mes pieds. Il avait roulé sur un morceau de terre nue, à côté d'un banc. D'après son aspect déchiqueté, il avait dû être becqueté par les corbeaux. Je m'accroupis pour l'observer de plus près, et me rendis compte qu'il était couvert de fourmis : certaines avaient grimpé dessus, d'autres circulaient autour comme pour étudier la meilleure manière de transporter ce tas de viande en train de se dessécher sur place. Un nombre croissant de fourmis convergeaient vers la dépouille. Elles me faisaient penser à des explorateurs européens découvrant un nouveau continent. Elles avançaient sur ce morceau de terre nue — chose rare dans le béton de la mégapole — comme s'il y avait un sentier au milieu. Je me penchai encore davantage, concentrai un moment mon attention sur une seule fourmi, dans l'espoir d'arriver à distinguer moi aussi ce chemin qu'elles empruntaient par longues files et qui n'était visible que pour elles. Ignorant ma présence, elles poursuivaient leur patiente progression.

Le soleil dardait directement ses rayons sur mon dos courbé et le réchauffait.

Soudain, je pris conscience d'une présence derrière moi. Tandis que j'étais ainsi penché, quelqu'un m'observait moi aussi, à mon insu! Je me relevai en hâte, jetai un coup d'œil vers les branches de cerisiers entrecroisées qui me cachaient le ciel. Je m'étais redressé trop brusquement, et fus saisi d'un éblouissement, mon champ de vision s'obscurcit brutalement. Juste avant que le monde bascule dans des ténèbres totales, j'eus le temps d'apercevoir un seul œil, immense, dans un trou de ciel bleu entre les branches.

Je recouvrai ma vision normale au bout de

quelques secondes. Naturellement, l'œil avait disparu. Je clignai des paupières deux ou trois fois, et repris ma marche.

Il y avait un étang agrémenté d'un embarcadère au milieu du parc. Le dimanche, les promeneurs devaient venir en famille, et il se formait sûrement une longue queue à cet endroit. Pour l'instant, l'endroit était désert, et les barques au repos s'alignaient flanc contre flanc.

Je tendis cinq cent yens au vieil employé qui se trouvait là, et montai dans l'une d'elles. Je ramai jusqu'au bout de l'étang. La barque avançait lentement, avec un roulis régulier.

L'eau était d'un vert profond. De temps en temps, une énorme carpe orange passait. Après avoir consacré un long moment à contempler la surface trouble de l'eau, je reposai les rames et m'allongeai, le visage tourné vers le ciel.

Ici, plus rien ne faisait obstacle à mon regard. Un bleu léger emplissait tout mon champ de vision. Les mains croisées derrière la nuque, je fixai le soleil torride, tout proche. La brûlure de ses rayons, pénétrant derrière mes paupières, me picotait jusqu'au cerveau.

Tout à coup, je songeai à Hisami Shinoda. Son beau profil éclairé par la lune, son doux parfum. J'étais incapable d'analyser pourquoi je repensais ainsi soudain à elle. Peut-être parce que je me sentais triste, et plus seul que jamais, dans cette ville inconnue.

Bercé par le balancement de la barque, je fermai les yeux, et m'endormis en rêvant à la jeune femme.

15

Je passai cette nuit-là avec Hisami Shinoda, dans son appartement, sans bien réaliser moi-même ce qui arrivait. Ce fut simplement le résultat inattendu d'une situation que ni elle ni moi n'avions préméditée.

Je me rappelle très nettement que lorsque je posai mes lèvres sur les siennes pour la première fois, elle se mit à rire. Il me sembla qu'elle riait pour dissimuler une émotion qui survenait mal à propos. Rire comme elle le fit, en arquant ses jolies lèvres, l'aidait peut-être aussi à se débarrasser de sa nervosité.

J'avais attendu devant chez elle un long moment, comme lors de ma première visite. Je mentirais sans doute en affirmant que je n'espérais rien de particulier de sa part. Je ne peux nier que, dans un recoin de mon cœur, j'étais sensible à la féminité qui émanait d'elle. Mais je ne crois pas non plus que cela suffise à expliquer que j'ai cédé sans retenue à mes pulsions.

Hisami m'avait laissé entrer chez elle de façon très naturelle, sans la moindre hésitation. Aucune arrière-pensée ne l'avait donc effleurée en invitant à pénétrer dans son appartement privé un garçon qu'elle n'avait après tout rencontré que deux fois, même s'il était le frère cadet de son ancien petit ami ? Lorsqu'elle me dit d'entrer, d'un ton qui ressemblait à un ordre, il y avait à n'en pas douter sur son visage un air rassuré qui me fit comprendre qu'elle ne me voyait pas vraiment comme un homme. C'est peut-être même cette différence d'âge — le fait que j'avais cinq ou six ans de moins quelle — qui lui servit de prétexte pour me convier si facilement chez elle.

Elle vivait dans un minuscule studio, aussi peu meublé que celui de mon frère. Il y avait juste un canapé-lit posé sous une fenêtre orientée au sud ; pas d'étagères au mur, mais d'épais volumes — des ouvrages de recherche, apparemment — empilés sur le plancher au centre de la pièce, en un tas haut comme une tour. Je ressentis même un léger complexe à l'idée que cette fille ait pu lire autant de livres.

Elle ôta ses bottines avant d'entrer dans la pièce, puis dénoua son écharpe, jeta sa veste sur le lit, et se servit un verre d'eau du robinet, qu'elle but d'un trait. C'est alors que la vue de ses mollets gainés de bas, dépassant de sa jupe moulante, déclencha en moi un violent désir, occulté jusque-là.

« L'institut universitaire, c'est un monde tellement étroit, un vrai village, impossible d'y mener des recherches vraiment créatives... », murmurat-elle comme si elle se parlait à elle-même, avant de sortir du réfrigérateur une canette de bière, qu'elle me tendit. Elle-même n'en prit pas, mais elle paraissait déjà légèrement saoule. Peut-être était-elle tracassée par un incident quelconque en rapport avec l'université.

Elle vacillait légèrement. Je ne pense pas qu'elle avait perdu tout contrôle sur ses émotions à ce moment-là, mais je suis sûr qu'elle n'avait plus sa totale maîtrise d'elle-même.

Dès notre entrée dans son appartement exigu, la distance entre nos corps s'était brusquement réduite. Je veux croire que ce qui se passa ensuite n'est pas dû seulement au désir charnel, mais à l'œuvre de diverses convergences du destin.

En effet, jamais jusque-là, au cours de ma vie, je ne m'étais montré aussi entreprenant, jamais je ne m'étais imposé avec une telle virilité, sans la moindre appréhension...

Hisami commença à rire sous cape dès que nous commençâmes à parler, assis par terre à un mètre à peine l'un de l'autre.

« La première fois que je t'ai vu, je t'ai dit que

tu ne lui ressemblais pas, mais là, maintenant, en te regardant bien sous cette lumière, je trouve les similitudes frappantes... »

Elle me regardait par en dessous d'un air absent. J'étais si près d'elle que je pouvais sentir son parfum.

« Avec qui ? » demandai-je.

Bien sûr, je savais ce qu'elle allait me répondre.

« Avec Yûji, évidemment. Qui d'autre ? »

C'était la première fois depuis mon arrivée à Tokyo que je m'entendais dire que je ressemblais à mon frère, pourtant, cela ne me fit pas particulièrement plaisir. Que signifiait pareil changement, alors que mon plus cher désir, jusqu'à une semaine auparavant encore, avait toujours été de ressembler à Yûji ? Ce qui m'était désagréable, sans aucun doute, c'était cette comparaison entre mon frère et moi que je sentais s'amorcer chez Hisami Shinoda.

« Ah bon, vraiment ? Je lui ressemble ? » fis-je.

Elle eut une petite moue, et me fixa sans ciller. Elle devait avoir cet air-là aussi quand elle le regardait, lui...

« Comme deux gouttes d'eau. Les yeux, les sourcils, la silhouette... J'ai l'impression de voir Yûji... »

Son visage était tout proche du mien, je n'avais qu'à tendre la main pour le toucher. Sa peau lisse et blanche semblait si douce; pourtant, elle n'était pas maquillée. Ses lèvres fines frémissaient chaque fois qu'elle parlait, laissant apparaître une rangée régulière de petites dents blanches.

Elle me regardait fixement en souriant, comme pour m'inviter à un jeu. Chacun de ses sourires me bouleversait, je perdais peu à peu le nord.

Elle me provoquait, c'était évident. Ses grands yeux brillaient dans l'attente d'un événement imprévu. Elle semblait à la fois éprouver un certain mépris pour ce qui allait se passer et en même temps y être résignée comme à quelque chose d'inévitable.

« Embrasse-moi. »

Lorsqu'elle ferma les yeux en prononçant ces mots, d'un ton où perçait une vague moquerie, je n'hésitai pas une seconde.

À cet instant, le monde entier sombra dans un tourbillon, au cœur duquel nous fûmes aussitôt irrémédiablement entraînés.

Dans un état second, sans même me rendre compte de ce que je faisais, je pressai mes lèvres sur la bouche fine de Hisami Shinoda. Une odeur d'alcool, mêlée aux effluves d'eau de toilette que dégageait son cou, me picota les narines.

C'est alors, au moment où je me trouvais dans un état d'excitation inégalée, qu'elle se mit à rire. Je la serrai de toutes mes forces dans mes bras, lui enlevai ses vêtements comme si je les arrachais; nous nous effondrâmes ensemble sur le sol. Pendant tout ce temps, elle ne cessa pas de rire, comme si elle était en train de perdre l'esprit.

Je l'embrassai partout. Son corps blanc paraissait flotter sur le parquet brun foncé, et se convulsait violemment, comme un poisson hors de l'eau.

Peut-être l'existence de mon frère agissait-elle comme un aimant, entre elle qui continuait à rire, et moi qui continuais à la désirer. Il ne fait aucun doute que la pensée de mon frère n'était pas absente de l'attirance que nous éprouvions l'un pour l'autre.

Ensuite nous fîmes l'amour comme des possédés. Pendant les trois jours qui suivirent cette première nuit, nous ne fîmes rien d'autre que nous enlacer encore et encore, ne pensant ni à manger ni à dormir. Cependant, si avides que nous fûmes du plaisir intense que nous nous procurions mutuellement, nos cœurs, eux, ne s'enflammaient pas.

Était-ce parce que nous ne faisions rien d'autre que chercher la trace d'un disparu, elle en moi et moi en elle? En nous dénudant tous les deux, nous cherchions à nous laver de l'empreinte laissée par Yûji. En nous enlaçant, nous cherchions à nous délivrer de son absence.

Les heures passant, les draps blancs de ce lit sur lequel mon frère avait lui aussi fait l'amour avec cette femme se couvrirent de taches, comme un chiffon qui s'imbibe peu à peu d'huile de vidange dans une station-service.

16

Qu'est-ce qui naît en premier : la poule ou l'œuf?

Qu'est-ce qui naît en premier : le désir ou l'amour?

Une semaine plus tard, notre conversation, à Hisami Shinoda et à moi, en était toujours au même point.

« Alors vraiment, ça t'est égal? murmura-t-elle en sortant de la salle d'eau, enveloppée d'un drap de bain, et frottant ses cheveux mouillés avec une serviette.

— Hmm, vraiment », répondis-je sans ambages, allongé sur le lit, sans même jeter un regard vers elle.

Dès ma première éjaculation, ma façon de m'adresser à elle avait changé, s'était faite plus rude. Plus nous avions fait l'amour, plus j'avais oublié l'usage du langage poli. Et maintenant que nous avions une relation établie, nous nous parlions avec la même familiarité que tous les amants.

Hisami Shinoda, cette beauté inaccessible, était devenue sans transition une femme allongée sous moi, poussant des soupirs passionnés.

Elle s'approcha. Étendu sur le lit, je regardais au-dehors d'un air boudeur. Elle scruta mon visage et insista :

« Tu as vraiment l'intention de renoncer à chercher Yûji ? »

Je levai les yeux pour la regarder, et une nouvelle vague de désir m'envahit. Sans doute s'en rendit-elle compte, car elle commença à mordiller lentement ses lèvres légèrement desséchées.

Je gardai le silence.

Nous nous enlaçâmes. Les mots étaient plus une gêne entre nous qu'autre chose. Nous étions déjà si liés l'un à l'autre qu'il était impossible de savoir combien de fois nous avions répété les mêmes gestes. Mon sexe ne m'appartenait plus. C'était cela, notre conversation. Ou bien, peut-être, la seule passerelle de communication qui pouvait exister entre nous.

Nous n'avions pas mis le nez dehors depuis plusieurs jours, et nous faisions l'amour sans arrêt. Le désir inextinguible que Hisami éprouvait pour moi me donnait une idée de la solitude qu'elle avait dû endurer, de la soif d'amour qui l'avait habitée.

Je doutais cependant que la rencontre de nos

deux désirs méritât le nom d'amour. En effet, même pendant nos étreintes les plus passionnées, jamais aucun aveu ne passait nos lèvres. Nous exercions même un strict contrôle sur nous-mêmes, veillant à ne pas laisser échapper par mégarde une expression telle que « Je t'aime ».

Naturellement, une question de temps entrait également en jeu. Nous avions fait l'amour dès notre quatrième rencontre, et partagé une semaine de passion physique effrénée : l'amour était donc pour l'instant plus un acte qu'un sentiment, et si l'un de nous deux avait dit « je t'aime » à ce stade, l'autre aurait sans doute eu du mal à croire à sa sincérité.

Nous avions beau nous désirer avec une force inégalée, cela ne se transformait pas en sentiment amoureux. C'était assez frustrant. Plus notre extase s'intensifiait, plus le blocage s'aggravait.

Nous nous réveillâmes en pleine nuit, allumâmes en guise de lampe la minuscule télévision de Hisami. Épaule contre épaule, adossés au même oreiller, nous regardâmes, sur l'écran à peine plus gros qu'un paquet de cigarettes, un groupe d'hommes qui échangeait des théories. Les ovnis existaient-ils réellement ou non ? Tel était le thème du débat, mais Hisami et moi avions du mal à comprendre comment ces hommes pouvaient discuter pareil sujet avec une telle passion. Finalement, nous regardâmes l'émission en entier ; elle dura jusqu'au matin.

« Ce que c'est ennuyeux ! » fit remarquer Hisami à diverses reprises d'un ton sarcastique, mais cela ne nous empêcha pas de rester jusqu'au bout les yeux rivés sur l'écran.

« Le débat n'a pu déboucher sur aucune conclusion vraiment claire, cependant il paraît évident qu'il existe bien *quelque chose*. Qu'en pensez-vous, chers téléspectateurs ? La semaine prochaine, nous réunirons sur ce plateau des politiciens de tous bords pour débattre des raisons de l'échec du parti socialiste. À la semaine prochaine, donc... »

Lorsque l'émission s'acheva sur cette tirade du présentateur, Hisami et moi éclatâmes de rire en même temps, avant d'éteindre le poste.

Le jour allait se lever. Derrière la fenêtre, le paysage commençait à blanchir. Le ciel passa lentement d'un noir profond à une teinte bleu marine. Mais nous ne dormions toujours pas.

Allongés côte à côte, la couette remontée jusqu'au cou, nous regardions le plafond en silence, cherchant en vain à fermer nos paupières.

Rien ne nous obligeait à être aussi éloquents maintenant que l'étaient nos corps pendant l'amour, cependant, nous taire plus longtemps eût semblé bizarre.

Nous commençâmes donc, peu à peu, à bavarder. Hisami parla de ses études, moi des miennes ; je parlai de mes parents, elle évoqua sa province natale ; nous parlâmes des pays où nous aurions aimé voyager, du métier que nous aurions voulu exercer plus tard, de nos auteurs préférés, de nos sports favoris... Dès qu'un thème était épuisé, l'un de nous deux lançait une autre question, comme une poignée de charbon pour alimenter un feu.

Mais cela ne dura guère. Nous fûmes rapidement à court de sujets, et la conversation tarit. Il était difficile de poursuivre sans évoquer mon frère.

Je finis par amorcer la discussion :

« Et Yûji, comment l'as-tu rencontré ? »

Hisami commença par éclater de rire pour tenter une échappatoire, puis elle se résigna et répondit en soupirant :

« C'est lui qui m'a adressé la parole.

— Il t'a draguée ?

— Oui.

— Vraiment ? Où ça ?

— Dans la foule.

— Dans la foule... ?

— Oui, dans la foule d'un quartier commerçant, dans une rue encombrée de milliers de passants. Il m'a interpellée juste au moment où nous nous croisions. »

Le récit que m'avait fait Yasuda me revint instantanément en mémoire. Un quartier commerçant, des rues noires de monde...

« Hé, toi, attends un peu ! »

Les yeux toujours tournés vers le plafond, Hisami venait d'imiter la voix de mon frère.

Le plafond était devenu un écran de cinéma sur lequel était projetée la scène de sa rencontre avec Yûji.

« Je me suis retournée, et j'ai vu un homme un peu plus grand que les autres, dressé au milieu de la foule comme pour en arrêter le flot, et qui me fixait. Nos regards se sont croisés et, tout de suite, je suis restée figée sur place, subjuguée... »

Elle parlait lentement, mais sans une hésitation.

« C'était un dimanche soir, juste devant les grands magasins. Sur le trottoir, c'était la panique. La voix de Yûji avait résonné si fort autour de nous qu'un tas de gens se sont retournés en même temps. J'étais gênée de me retrouver comme ça au centre de l'attention, mais ce qu'il m'a dit ensuite m'a encore plus empêchée de bouger. »

Hisami avala sa salive, puis se tourna lentement vers moi. Je la regardai au fond des yeux, aussi tendrement que possible, attendant qu'elle poursuive.

« Il a dit qu'il attendait de me rencontrer... »

Je déglutis à mon tour. Je sentis la salive glisser lentement le long de mon œsophage.

« Il m'a dit qu'il m'attendait. Moi, qu'il voyait pour la première fois. C'est incroyable, tu ne trouves pas ? Au beau milieu d'une rue où avançaient des milliers de personnes, il m'a trouvée, moi, et il m'a dit ça. Autour de nous, des gens riaient, mais moi, je n'ai pas pu rire. À cause de ses yeux. Jamais je n'avais vu des yeux comme ceux-là. Personne jusque-là ne m'avait fait la cour avec un regard aussi grave. Et puis, en quelques dizaines de secondes, les passants qui nous entouraient se sont éloignés, laissant place à d'autres, nous laissant seuls tous les deux, au milieu de cette foule qui continuait à s'écouler. Nous nous sommes approchés l'un de l'autre, nous nous sommes observés. Je crois qu'à ce moment, aux yeux des gens qui marchaient autour de nous, nous avions l'air d'un couple vivant ensemble depuis plusieurs années. »

Elle souriait doucement en se remémorant la scène. Je n'avais aucun mal à lire en elle : au fond de son cœur, elle était toujours aussi attachée à Yûji. Je sentis une violente jalousie monter en moi, tandis que je continuais à l'observer de biais.

« Ce jour-là, nous ne nous sommes plus quittés. Nous avons attendus le matin ensemble en regardant les étoiles, sur un terrain vague derrière le stade olympique. »

Ma jalousie se changea en agacement.

« Tu es toujours amoureuse de lui, on dirait ? »

Ma voix débordait d'ironie, à un point qui me surprit moi-même.

« Bien sûr, je l'aime. »

Telle fut sa surprenante réponse.

« Pourquoi as-tu couché avec moi, alors ? »

Je devenais sentimental. Je ne sais pas moi-même pourquoi les paroles de Hisami m'agaçaient autant. Il ne s'agissait pas seulement de jalousie, j'avais le sentiment déplaisant que mon frère, tel un organisme vivant que j'avais cru disparu pour de bon, refaisait surface sous une forme différente.

« ... Parce que tu étais triste ? »

Je me dressai nu sur le lit, attrapai Hisami par l'épaule.

« Parce que tu te sentais seule ? »

Je me mis à la secouer.

« Ou alors, pour le retrouver en moi ? »

Mon souffle était devenu saccadé. Je sentis mon pouls s'accélérer anormalement, je perdis le

contrôle de moi-même. Je levai le bras mais finalement mon poing s'abattit dans le vide.

Je fixai Hisami durant quelques secondes, puis,
la serrai contre moi dans une étreinte animale,
tout en sentant sur ma peau la caresse des tout
premiers rayons de soleil du matin.

Jamais nous n'avions fait l'amour avec une
intensité si poignante.

17

Ma montre s'était arrêtée. Le calendrier du cadran indiquait mercredi. Mercredi, six heures vingt. Mais six heures du matin ou six heures du soir? Et mercredi de cette semaine, ou de la semaine précédente? Ou plus tôt encore? Je n'aurais su le dire. La seule chose sûre, c'était que la pile avait cessé de fonctionner un mercredi à six heures vingt. Et j'avais passé tout le temps depuis avec cette montre au poignet, sans y jeter le moindre coup d'œil.

J'enlevai ma montre, la jetai sur le lit où Hisami était allongée, endormie. Je me mis à la secouer.

« J'ai faim! »

Elle se redressa en se frottant les yeux d'un air ensommeillé, et hocha brièvement la tête.

Nous décidâmes de sortir déjeuner.

Le mois de mars tirait à sa fin. Des journées magnifiques s'étaient succédé : un ciel splendide, une température élevée pour la saison, un soleil si chaud qu'on transpirait au moindre mouvement. Comme si, à peine sorti de l'hiver, on avait été précipités sans transition en plein été.

« Regarde, les cerisiers ! » s'écria Hisami lorsque nous arrivâmes à l'entrée du parc au bout de dix minutes de marche.

Elle montrait du doigt des arbres aux fleurs déjà écloses. Des pétales rose vif s'épanouissaient, quoique encore timidement, au bout des branches tendues sur un fond de ciel bleu. Nous nous arrêtâmes un moment pour les contempler.

« Excuse-moi de te faire marcher si longtemps, mais de l'autre côté du parc il y a un excellent restaurant », dit Hisami en pointant cette fois le doigt en direction de l'appartement de mon frère.

Sans doute un restaurant qu'elle fréquentait avec lui, songeai-je aussitôt, mais je me gardai d'exprimer cette pensée tout haut.

« Ça m'est égal, l'endroit où on va, du moment qu'on peut manger. »

J'appuyai une main sur mon ventre et ajoutai :

« Allons-y vite. »

Le parc était animé, empli de promeneurs venus fêter la floraison précoce des cerisiers. Nous dépassâmes en riant un groupe d'employés de bureau qui avaient délimité à l'aide de cordes en nylon l'espace où ils comptaient s'installer avec leurs collègues pour contempler les fleurs et boire du saké. Quelques clochards déjà ivres les prenaient à partie.

Le ciel était bleu, le vent doux, le parc plein de voix et de rires. C'était une journée d'une telle douceur qu'elle donnait envie de croire au bonheur, même quand on était malheureux.

Des vieillards assis au bord de l'étang nourrissaient les carpes ; des étudiants dessinaient les cerisiers en fleur dans leurs carnets de croquis ; sur les bancs, des couples déjeunaient d'un repas froid préparé à la maison ; des époux en jogging faisant leur parcours au pas de course ; des dames ramassaient les crottes de chien, des familles entières se promenaient. Toutes ces petites scènes entraient dans notre champ de vision, composant un tableau plein de béatitude. On aurait dit des figures de cire exposées dans un pavillon intitulé précisément Maison du bonheur.

Cependant, étrangement, plus ce qui nous entourait semblait représenter une image fidèle du bonheur, plus je sentais monter en moi une tristesse sans raison qui menaçait de me faire perdre l'équilibre, comme si j'avais à porter non seulement mon propre malheur, mais aussi celui des autres.

Alors que je m'apprêtais simplement à traverser ce parc paisible en compagnie de Hisami, voici qu'une angoisse imprévisible s'abattait sur moi, avec la soudaineté d'un coup de couteau.

Je m'arrêtai machinalement, essayai de sentir mon cœur dans ma poitrine, tâtai l'endroit où il devait se trouver. Hisami marchait rapidement devant moi, sans se rendre compte de ce qui m'arrivait. Plus sa silhouette s'éloignait, plus le chagrin m'étouffait, à tel point que j'avais envie de m'effondrer en sanglots.

Le soleil s'était-il soudain caché derrière les nuages? Le parc tout entier parut sombrer dans les ténèbres. Des bourrasques agitaient les branches, dans un bruissement qui enflait et s'accélérait de plus en plus. Je voulus appeler Hisami pour la retenir, mais les mots se bloquèrent dans ma bouche, et je restai muet. Dans mon champ de vision, le monde perdit ses couleurs, le paysage commença à se racornir à toute vitesse, comme une photo couleur exposée à la flamme d'un briquet. Les teintes disparaissaient à vue d'œil dans un gouffre de ténèbres. Je me tenais au bord d'une solitude indicible, d'une folie inévitable. J'avais l'impression que quelqu'un se moquait de moi, et en même temps que l'on cherchait à m'assassiner. Plus aucun son ne parvenait à mes oreilles, je ne sentais plus les odeurs, ma conscience me quittait, ma vie s'en allait peu à peu. Les voix rieuses de mes parents bourdonnaient à mes oreilles comme des mouches, le regard de mon frère transperçait mon âme. Le monde qui m'entourait, aspiré dans un trou noir, diminua puis disparut en un clin d'œil.

18

Le restaurant où m'emmena Hisami était minuscule : un simple comptoir, avec à peine une dizaine de places.

Quelques vieilles affiches de matches de boxe ornaient le mur. À bien regarder, un des boxeurs que l'on voyait prendre la pose, gants aux poings, semblait être l'homme qui faisait la cuisine derrière le comptoir. Il portait une barbe, et avait grossi depuis l'époque des affiches. Il s'activait avec une telle concentration devant ses fourneaux qu'il ne parut pas se rendre compte de notre arrivée. Nous nous installâmes aux deux seules places libres, tout au bout, et regardâmes l'homme manier ses poêles à frire avec une dextérité professionnelle.

Il nous jeta un coup d'œil en posant devant notre voisin un plat contenant une montagne de riz pilaf, puis essuya de sa manche son front en sueur et murmura :

« Ah, j'ai cru que c'était Yûji... »

Hisami me regarda rapidement et lança avec un rire étouffé :

« Il lui ressemble, alors ? »

L'homme vint se placer en face de moi, et avança la tête par-dessus le comptoir.

« Oui, c'est frappant.

— C'est son frère cadet, figure-toi, expliqua Hisami, visiblement ravie de sa réaction.

— Hein, son frère cadet ? » répéta le patron, un vague sourire aux lèvres, en se frottant le menton de la paume.

Il posa un verre d'eau devant chacun de nous, et continua à me regarder de côté avec une expression étrange, comme s'il avait vu un fantôme.

« Vous vous ressemblez comme deux gouttes d'eau. Rien à faire, ce sont bien les mêmes gènes ! »

Hisami se mit de la partie et m'examina attentivement.

« C'est vrai, hein ? Moi, au début, je trouvais qu'ils n'avaient rien de commun, mais ces temps-ci il m'arrive de leur trouver une ressemblance presque effrayante. »

Embarrassé, je détournai les yeux vers la télévision posée sur un coin du comptoir. C'était justement l'heure des informations, et le présentateur évoquait la floraison précoce des cerisiers sur l'ensemble du pays. J'étais assez déconcerté de voir Hisami et son interlocuteur décréter que mes traits étaient étonnamment proches de ceux de mon frère, alors qu'à mon arrivée à Tokyo tout le monde me disait le contraire. Qui plus est, ils affirmaient que nous nous ressemblions *comme deux gouttes d'eau.* Comment avais-je pu changer à ce point en moins d'un mois ? Étais-je victime d'un sort jeté par un renard [1] ? Feignant d'essuyer la sueur sur mon front, je passai subrepticement une main sur mon visage.

« Tu as eu des nouvelles de Yûji depuis l'autre fois ? » demanda le patron à voix basse en se tournant vers Hisami, tout en continuant à émincer des oignons sur le plan de travail derrière le comptoir.

Elle secoua la tête sans lever les yeux.

« Quel idiot, hein. Enfin, on n'y peut rien... », reprit l'homme d'un air vaguement ému en jetant les oignons dans la poêle chaude avec quelques dés de beurre. Après un bref chuintement, une agréable odeur caramélisée commença à se répandre dans la petite salle.

« ... Il n'en a jamais fait qu'à sa tête. »

Hisami et moi échangeâmes un regard en haussant les épaules.

---

1. Au Japon, on attribue à cet animal le pouvoir de se transformer en femme pour ensorceler les humains. *(N.d.T.)*

« Tu venais souvent ici avec mon frère, on dirait ? lui fis-je remarquer.

— Presque tous les jours. À l'époque où ça allait bien entre nous... »

Je commandai une omelette au riz. Un des plats favoris de Yûji, me précisa-t-on. Sur l'écran, le présentateur continuait à annoncer les nouvelles du jour : tour à tour apparurent en gros plan la tête d'un Premier ministre qu'on n'avait déjà que trop vu s'expliquant à l'Assemblée nationale, celle du président d'un petit pays d'Asie qui venait d'être assassiné au cours d'une guerre civile, puis de personnalités étrangères en visite au Japon. Tous ces gens sans aucun lien avec les chocs violents qui venaient d'ébranler ma vie n'étaient pour moi qu'une masse de points totalement dépourvue de réalité.

Voyant que je continuais à me taire, Hisami finit par me demander, avec une sollicitude de grande sœur :

« Qu'est-ce que tu vas faire maintenant ? Retourner à Kôfu ?

— Non, je n'y retournerai pas... Enfin, je ne crois pas », murmurai-je sans quitter la télévision des yeux.

Diverses pensées tourbillonnaient dans ma tête : l'année universitaire n'allait pas tarder à commencer, je devais vider et libérer l'appartement de mon frère dans un jour ou deux. Et pourtant...

« Tu vas rester vivre à Tokyo alors ? » reprit Hisami.

Je discernai deux nuances différentes dans le ton qu'elle employait : elle avait envie que je reste, mais elle se demandait si la vie à la capitale me conviendrait. Je ne sus que répondre et gardai les lèvres serrées, attendant que le temps passe, tout en poursuivant mon propre questionnement intérieur. Mon existence à la dérive avait perdu sa seule raison d'être : chercher Yûji. Que pouvait-il arriver de plus tragique à un observateur que d'être privé de son sujet d'observation ?

À la télévision, on venait d'annoncer la découverte, dans une zone marécageuse et ravinée du mont Daisetsu, d'un énorme SOS dessiné sur le sol à l'aide d'arbrisseaux.

« Ce signal de détresse est vraisemblablement l'œuvre d'un voyageur égaré dans les marais, attendant que l'on se porte à son secours », expliquait le présentateur.

Des objets personnels, disséminés au milieu d'ossements humains, avaient également été découverts à côté du SOS.

Sur l'écran apparut alors un gros plan sur ces objets, que l'on pensait appartenir au voyageur égaré.

« Yûji ! »

Hisami venait de pousser cette exclamation étouffée. Elle poursuivit d'une voix tremblante :

« C'est le pendentif que je lui ai offert pour son anniversaire ! »

On remarquait en effet un pendentif au milieu des objets alignés sur l'écran.

Hisami poussa un profond soupir en abaissant les épaules. Son découragement faisait peine à voir.

Je lui pris la main et la serrai dans la mienne en affirmant :

« Ce genre de bijou est très courant, tu sais, Yûji n'est pas le seul à en posséder un. »

Mon propre sang-froid me surprenait plus encore que le cours des événements. Même si la photo et le nom de mon frère étaient apparus sur l'écran à ce moment-là, je n'aurais pas manifesté le moindre étonnement.

« Non, c'est Yûji, je te dis », s'écria Hisami d'un ton crispé en se tournant vers moi.

Le cuisinier, occupé à débiter des légumes en lamelles derrière son comptoir, s'interrompit un instant et nous jeta un rapide coup d'œil. Voyant Hisami sur le point de fondre en larmes, je plongeai mon regard dans le sien, et murmurai de mon ton le plus persuasif :

« Yûji est vivant, j'en suis certain... »

Naturellement, je ne croyais pas un mot de ce que je disais. Mon frère était bel et bien mort à l'intérieur de moi. Cependant, cela me paraissait la seule chose à dire pour éviter que Hisami n'ait une crise d'hystérie.

Elle repoussa ma main, secoua violemment la tête de côté.

« C'est Yûji, je te dis. Il... Il comptait escalader le mont Daisetsu, il me l'avait dit... Il n'y a pas d'erreur possible. »

Je reculai un peu pour examiner ses pupilles. Son regard était suppliant ; de toute évidence, elle me cachait quelque chose.

Le mont Daisetsu. Un souvenir traversa mon cerveau, comme une piqûre d'aiguille. Le message que Yasuda avait laissé sur le répondeur de mon frère venait de me revenir en mémoire. « Allô, c'est Yasuda. J'ai pris nos billets à destination d'Obihiro pour demain.... Ça serait bien qu'on arrive avant la première neige sur le mont Daisetsu... »

Je restai silencieux un moment, essayant de démêler les fils de mes souvenirs. Alors que je fixais toujours les yeux rouges et gonflés de ma compagne, j'entendis soudain sa voix, enregistrée sur le répondeur, résonner en moi :

« Tu sais, je vais tout raconter à la police. Ça t'est égal, hein... ? »

174

Plusieurs éléments se superposèrent dans ma tête, je sentis que je me rapprochais de la vérité.

« Qu'est-ce que tu me caches ? » lançai-je.

Le lèvres de Hisami cessèrent de trembler, ses yeux s'ouvrirent tout ronds, peut-être parce que mon expression s'était brusquement altérée. Je me lançai dans des explications volubiles, lui parlai des deux messages du répondeur : celui de Yasuda et le sien.

« Mon frère est parti escalader le mont Daisetsu avec Yasuda. Qu'est-ce qu'ils étaient allés faire là-bas ? Qu'est-ce que c'est que cette histoire que tu voulais raconter à la police ? »

Tandis que je la questionnais ainsi, d'une voix basse mais menaçante, Hisami pencha la tête de côté et me regarda d'un air stupéfait :

« Yasuda ? Mais qui est-ce ? »

À ma grande surprise, elle ignorait l'existence de Yasuda. J'entrepris donc de lui expliquer qu'il s'agissait d'un collègue de Yûji qui travaillait au Jardin d'Éden avec lui.

« Ah... », fit-elle d'une petite voix, pour montrer qu'elle comprenait.

Sur quoi, elle ferma les yeux et se tut.

19

Le lendemain arriva. On était le trente et un mars (ou le trente, peut-être). Je me levai dans la matinée, attentif à ne pas réveiller Hisami, et quittai son appartement à pas de loup.

Dehors, je fus accueilli par les faibles rayons du soleil, qui commençait à poindre. Je descendis les marches du perron, m'engageai dans la rue en pente douce qui menait vers la gare. Cela faisait un mois à peine que j'étais à Tokyo, pourtant, j'avais l'impression d'y vivre depuis des années, tant le paysage urbain m'était devenu familier. Je connaissais si bien ce quartier que, si quelqu'un m'avait salué, je n'aurais pas été autrement surpris. Je ressentais même une certaine nostalgie à la vue de la vieille boîte à lettres au coin de la rue, des pancartes aux couleurs écaillées, des bosquets touffus de chênes-lièges qui dépassaient des haies des propriétés privées. Les klaxons des voitures, les conversations des ménagères avec leurs voisines devant les portes arrière des maisons, les cris des corbeaux perchés côte à côte sur les lignes électriques, un piano sur lequel quelqu'un faisait ses gammes... Tous ces sons se mêlaient pour composer le bruit de fond d'un quartier qu'il me semblait connaître depuis longtemps.

J'achetai un journal au kiosque devant la gare, le mis sous mon bras et passai le portillon d'entrée. Sur le quai s'allongeaient les ombres des rares passagers qui attendaient le train. Je me faufilai entre elles, en direction de la rame de tête. Des bourrasques s'engouffraient sur les voies, avec le même bruit que le passage d'un express. Loin d'être froid, le vent était déjà porteur de la douceur du début d'été. Les cerisiers plantés au bout du quai opposé, proches du plein épanouissement, perdaient des brassées de pétales à chaque tourbillon.

À ce moment-là, j'étais résolu à retrouver Yasuda et à l'étrangler s'il le fallait pour lui faire cracher la vérité et élucider l'énigme de la disparition de mon frère. Je n'avais pas l'intention de reculer devant l'usage de la force si cela s'avérait nécessaire.

Ma décision était irrévocable, et aucune autre pensée ne traversait plus mon cerveau.

Le train entra doucement en gare, m'avala en silence avec les autres passagers. À l'intérieur de la rame, les gens se tenaient debout, à distance respectueuse les uns des autres, les regards s'évitaient avec une extraordinaire constance, chacun centré sur son propre univers.

Levant les yeux, je m'agrippai à la courroie de cuir suspendue près de l'entrée et, imitant les habitants de la capitale, attendis, silencieux et immobile, que le train arrivât à Shibuya. Je m'étais habitué à vivre au milieu d'une foule paisible qui respectait les règles sans protester. Je me sentais vraiment faire partie de Tokyo.

Le train entra en gare, me déposa sur un quai, à l'intérieur de l'immense ruche. Entrant dans le flot maîtrisé des abeilles, j'avançai dans les couloirs obscurs menant vers la sortie. Contournant les groupes agglutinés devant les distributeurs automatiques de billets, je montai et descendis des escaliers en labyrinthes, me retrouvai comprimé dans un étroit boyau, avant d'être craché au-dehors avec les autres passagers.

À l'air libre m'attendaient la lumière aveuglante du soleil et, inévitablement, la foule. Je me retrouvai au cœur de cette masse passive, typique de la mégapole. Il fallait plus de dix minutes pour parcourir cent mètres. Tous ces gens avaient l'habitude d'attendre. Peut-être était-ce la mode dans cette ville de faire patiemment la queue, tout en sachant qu'il n'y avait strictement rien au bout de la longue file?

Bloqué à un feu rouge, je restai sur place un moment au bord du grand carrefour central. Des motos se faufilaient en faisant vrombir leur moteur dans la file des véhicules, des klaxons résonnaient ; le carrefour était devenu le théâtre d'une exposition de belles voitures : les piétons contemplaient toutes celles qui attendaient au feu. Je regardais moi aussi d'un œil indifférent les conducteurs au volant, l'air tout fier du modèle en leur possession, lorsque j'entendis quelqu'un crier :

« Attention, il va sauter ! »

Imitant les badauds, je levai la tête vers le toit d'un immeuble voisin. J'aperçus une ombre immobile dans un coin de la plate-forme au sommet de la colonne publicitaire, sur le toit du grand magasin vers lequel je me dirigeais : c'était l'endroit même où Yasuda m'avait conduit quelque temps plus tôt. Les bras ballants, l'homme semblait regarder, immobile, le monde en contrebas.

De l'endroit où j'étais, la silhouette en haut de la tour était minuscule, mais je ne doutai pas une seule seconde qu'il s'agît de Yasuda et de nul autre.

« Yûji disait qu'il aimerait se jeter du haut de cette tour... Il m'a dit : "Tu sais, si je travaillais ne serait-ce qu'un mois de plus dans cette boutique, je suis sûr que je finirais par me jeter du haut de la tour"... Ces temps-ci, moi aussi, je ressens la force magnétique dont il parlait. »

Les déclarations passionnées de Yasuda me revenaient en mémoire. C'était les mots mêmes qu'il avait prononcés, j'en étais sûr. Il avait dit cela en regardant en bas, comme si le vide l'attirait irrésistiblement.

Un brouhaha se propagea dans la foule jusque-là silencieuse. Chaque fois que Yasuda bougeait les pieds, le son enflait comme une vague, puis refluait à nouveau. Mais ce murmure me faisait l'effet d'un combustible enflammant davantage encore l'esprit de Yasuda.

Soudain, il sauta, comme un pantin dont les fils viennent d'être coupés. Sa silhouette décrivit une courbe légère et silencieuse jusqu'au sol. Il y avait dans cette façon de tomber, d'un bloc, sans se débattre, une sorte de détachement qui ressemblait à ce qu'avait été sa vie.

Le corps vint s'écraser juste à côté de la foule qui piétinait sur le trottoir. Il rebondit sur le capot d'une voiture arrêtée, et s'éleva encore de quelques mètres avant d'achever sa course.

J'avais beau être compressé au milieu des badauds agglutinés, il ne me fallut qu'un instant pour me précipiter en avant. Le vide s'était fait dans ma tête. Plus aucun bruit ne parvenait à mes oreilles, le monde était devenu insonore. Ce suicide inattendu avait attiré une foule énorme devant le grand magasin. Même la chaussée était noire de monde ; les voitures, bloquées au milieu de cette marée humaine, n'avançaient plus.

Je me frayai malgré tout un chemin, me battant contre la force de gravité, comme dans un film au ralenti. Un étrange sentiment de malaise montait en moi, tandis que mon ouïe se paralysait de plus en plus, mais je continuais à me forcer un passage. Tant que je n'aurais pas vu de mes yeux ce qui restait de Yasuda, victime de cette force magnétique qui le fascinait tant, je n'arriverais pas à intégrer la réalité de la scène dont je venais d'être témoin. Je continuai à foncer droit devant moi en hurlant des sons inarticulés.

Je ne sais combien de temps il me fallut pour parvenir auprès du cadavre. Le pare-brise de la voiture sur laquelle le corps avait ricoché était en miettes, des éclats de verre jonchaient la chaussée. Une jeune femme était étendue, immobile, sur un coin du trottoir ; peut-être Yasuda l'avait-il entraînée dans sa chute au moment où il s'écrasait au sol ? Le corps était allongé à plat ventre, juste derrière le véhicule d'une société de sécurité. La partie gauche de son crâne paraissait enfoncée dans l'asphalte imbibé de sang. Dans le caniveau, je distinguai des débris de cervelle sur le point de s'écouler à l'intérieur d'une bouche d'égout. Je m'avançai plus près, fendant un groupe de badauds absorbés dans le spectacle de la tragédie, un mouchoir appuyé sur la bouche, et me mis à examiner le visage du suicidé, ou plutôt ce qu'il en restait. Un seul œil, grand ouvert, continuait à regarder je ne sais quel point dans l'espace.

Le bruit de ma respiration saccadée et les pulsations de mon cœur résonnèrent soudain à nouveau dans mes oreilles, comme une houle. Juste après, je distinguai le son d'une sirène — ambulance ou voiture de police, je ne sais — se rapprochant à vive allure. Autour de moi les couleurs du monde se ravivèrent brusquement. Les bruits s'intensifièrent, envahirent à nouveau mes tympans. Le rouge vif du sang sur l'asphalte me transperça la rétine. Une image clignotait sans relâche dans ma tête. Je fus pris de nausée, puis de tremblements, si violents que j'avais du mal à me maintenir debout. Je reculai, et me mis à battre l'air des deux mains pour chasser le souvenir du profil de Yasuda, qui revenait me hanter.

Quelque chose que j'avais réprimé jusque-là s'apprêtait à jaillir de moi, toutes digues rompues. Je crois qu'à ce moment-là je me mis à balbutier des phrases inarticulées. Je me rappelle avoir agrippé les vêtements d'un passant debout à mes côtés. Sous l'impact de la mort de Yasuda, toutes les angoisses tapies en silence au fond de mon cœur se préparaient à exploser. Incapable de contrôler mon esprit, entièrement sous l'emprise de la peur, je retournai me fondre dans la marée humaine.

Quand je repris mes sens, j'étais à l'intérieur d'une cabine téléphonique, près de l'entrée du grand magasin, et je regardais tournoyer les gyrophares rouges de la voiture de police et de l'ambulance garées non loin. Un inspecteur était déjà en train d'examiner les lieux, et plusieurs policiers s'efforçaient de contenir le flot de badauds qui encombraient toujours le trottoir.

Dans un état second, je sortis des pièces de monnaie de ma poche, les introduisis dans l'appareil et composai le numéro de Hisami Shinoda. J'avais désespérément envie de parler à quelqu'un, d'entendre une voix, n'importe laquelle, pourvu qu'elle pût me confirmer que j'existais encore.

J'aurais accepté un robot comme interlocuteur, du moment qu'il m'appelle par mon nom, et qu'il parle avec moi. Je voulais juste entendre quelqu'un me dire : « Tu es vivant, tu existes, en ce moment, sur cette planète. »

Hisami décrocha à la quatrième sonnerie.

« Allô ? fis-je.

— Ah, où es-tu ? Quand es-tu sorti ? Je me suis inquiétée, tu sais. »

Curieusement, à cet instant, mes yeux se remplirent de larmes. La voix de Hisami débordait d'une sollicitude qu'elle n'avait jamais eue jusque-là, en tout cas pas à un point aussi poussé : on aurait dit la voix d'une mère s'inquiétant pour son enfant.

« Je suis à Shibuya. Je comptais aller voir Yasuda, tu sais, ce type dont je t'ai parlé. »

Je laissai passer un moment, puis lui annonçai que Yasuda venait de se suicider dix minutes plus tôt, en se jetant du toit d'un grand magasin.

« Ce n'est pas vrai !

— Si, je t'assure, c'est lui, je viens de voir son cadavre. »

À cet instant, la sirène de l'ambulance déchira l'air à nouveau.

« C'est vrai, alors ? » fit Hisami.

Après quoi, nous nous tûmes tous les deux.

Le silence dura longtemps. À un moment, j'entendis une pièce tomber dans l'appareil, et une voix mécanique me prévint que le temps imparti touchait à sa fin. Je rajoutai quelques pièces dans la fente.

« Tu vois, j'avais raison, dit Hisami. Le squelette découvert au mont Daisetsu, c'était bien

184

celui de Yûji. Yasuda a dû voir les informations lui aussi. »

L'ambulance venait de démarrer, toutes sirènes hurlantes. La lumière clignotante d'une lampe rouge traversa de biais ma rétine.

« Yûji m'avait prévenue qu'il voulait aller cueillir de la marijuana sauvage au mont Daisetsu. Quand je lui ai demandé s'il comptait y aller seul, il m'a dit qu'il serait accompagné par un ami qui s'y connaissait bien... Qu'est-ce qui a bien pu se passer entre eux ? »

Hisami parlait d'un ton surexcité. Sa voix pleine d'assurance résonnait dans mes tympans. Cette expression aux sonorités nouvelles pour moi, « marijuana sauvage », se répercutait à travers tous les méandres de mon cerveau. J'essayais de lier ces termes à un sens quelconque, mais cela ne m'évoquait rien de précis.

Je repoussai l'air depuis le fond de mes poumons.

Puis, toujours silencieux, je me mis à contempler les dos des passants agglutinés comme des moutons devant le trottoir.

« Qu'est-ce que tu comptes faire ? »

La voix de Hisami me transperça à nouveau les tympans.

Je me passai les paumes sur le visage tout en réfléchissant, puis répondis :

« Je ne sais pas. »

Je sentis le soupir qu'elle poussait à l'autre bout du combiné venir me chatouiller les oreilles. Mes paupières fatiguées se fermaient toutes seules ; je clignai plusieurs fois des yeux. L'instant d'après, la silhouette sombre d'un homme qui sortait du grand magasin passa dans mon champ de vision.

Un éclair traversa mon cerveau.

« Yûji ! » hurlai-je aussitôt, instinctivement.

Au son de ma voix, l'homme s'arrêta, puis se retourna, lentement, sans se presser. Malgré les cheveux longs et mal soignés qui lui encadraient le visage, je reconnus aussitôt mon frère.

Nos yeux se rencontrèrent pendant quelques secondes, mais il ne manifesta pas la moindre réaction. Son regard inexpressif était exactement le même qu'en ce printemps de ma première année de collège, lorsque je l'avais croisé par hasard à la maison. C'était le genre de regard qu'on n'adresse qu'à un parfait inconnu.

Il disparut dans la foule, en m'ignorant totalement, comme s'il se fondait dans le brouillard.

20

Je raccrochai le téléphone en hâte et me jetai à la poursuite de Yûji. Je me mis à le filer de loin, attentif à ne pas perdre de vue sa haute silhouette qui dépassait les autres d'une tête, fendant le flot comme un brise-glace.

Sa nuque, au-dessus de la foule, m'indiquait sa position précise, telle une bouée en mer marquant la limite de la zone autorisée à la baignade.

C'était étrange de voir sa tête flotter ainsi, une vingtaine de mètres en avant. Ce frère absent depuis dix ans, ce frère que j'avais cru mort, voilà qu'il venait de réapparaître sous mes yeux sans crier gare ! Mon esprit ne parvenait pas encore à appréhender parfaitement la réalité de l'événement. Cette silhouette devant moi était-elle vraiment celle de Yûji ? Tour à tour, le doute s'élevait en moi puis s'évanouissait. Il n'était pas impossible que je me sois trompé : comment pouvais-je être assuré que cet inconnu, dont j'avais croisé le regard quelques secondes à peine, était bien mon frère ?

Après tout, je n'étais pas dans mon état normal au moment où nos yeux s'étaient rencontrés, et il n'y aurait rien eu d'étrange à ce que je fusse victime d'une hallucination.

Pourtant, je balayai rapidement ces hésitations, tout en continuant à fendre la foule au pas de course. Il me semblait comprendre maintenant ce qu'il y avait au bout du regard mort de Yasuda : il avait revu mon frère, c'était lui qui l'avait poussé à se suicider. Yûji était vivant, j'en étais sûr. Je continuais à courir, tout en me livrant à un raisonnement uniquement destiné à me convaincre moi-même.

L'homme devant moi poursuivait lui aussi sa fuite désespérée, repoussant d'un geste de la main les passants qui obstruaient son chemin. Mais plus il fuyait, plus ma certitude augmentait : il s'agissait bien de Yûji.

Ébloui par l'éclat jaune du soleil se réfléchissant sur les pare-brise des voitures et les murs des immeubles, j'esquivais les passants qui me faisaient obstacle, comme des objets à la dérive sur l'océan. J'étais un nageur lors d'une épreuve d'endurance, s'efforçant désespérément de rattraper, avant qu'il sombre de l'autre côté, le disque du soleil qui dorait l'horizon. Chaque vague soulevait mon corps puis le rabattait violemment sur l'eau, mais j'avais confiance en mes capacités : je parviendrais bien à traverser cette étendue à la nage.

« Grand Frèèèère ! »

Tout en poursuivant ma course, des bribes d'un souvenir complètement oublié jusque-là me revinrent en mémoire.

J'étais à la maternelle, et Yûji au collège. Un jour, pendant les vacances d'été, il m'avait abandonné. Nous séjournions chez des parents de ma mère, qui vivaient dans le Shikoku. Yûji m'avait laissé seul exprès, pendant que je m'amusais à attraper des cigales, dans un bois complètement désert. La souffrance sourde qui envahit mon cœur lorsque je compris qu'il était parti mit long-temps à se dissiper.

Tout me revenait d'un coup : la sensation du courant d'air glacé s'engouffrant entre nos deux paumes disjointes, au fond de cette forêt obscure, au moment où mon frère avait lâché les doigts qu'il serrait jusqu'alors entre les siens ; le rictus cruel dessiné sur son profil ; sa silhouette dispa-raissant derrière les arbres. Toutes ces images, res-tées profondément enfouies dans le puits de ma mémoire, resurgissaient maintenant.

« Grand Frèèèère ! »

« Grand Frèèèère ! »
« Grand Frèèèère ! »

Pleurant et hurlant, je m'étais jeté à sa poursuite.

La peur de l'abandon était peut-être restée gravée en moi. Mû par l'instinct de survie du petit garçon que j'avais été, j'avais passé ma vie à la poursuite de mon frère. C'était une réaction normale, on ne peut plus naturelle.

« Grand Frèèèère ! Grand Frèèèère ! »

Je criais comme autrefois dans le dos de Yûji, qui fuyait devant moi comme s'il voulait à nouveau m'abandonner. À chacun de mes appels, il se retournait et me jetait un regard froid qui semblait dire : « Vas-y, rattrape-moi si tu peux ! » De toute évidence, ces yeux étaient bien ceux de mon frère.

Le désespoir décupla mon énergie, et je me mis à courir encore plus vite. Je ne voulais pas perdre Yûji de vue, quoi qu'il advînt. « Si je le perds de vue maintenant, je ne le retrouverai jamais plus », me disais-je tout en courant. Je le vis franchir d'un bond une glissière de sécurité, traverser la chaussée de biais pour éviter les voitures. Il sauta par-dessus le capot d'une voiture arrêtée au milieu de la côte. Sa silhouette avait la beauté sauvage d'un guépard bondissant dans la montagne parmi les roches.

Il gravit un escalier quatre à quatre, traversa un parking, sauta à nouveau par-dessus un garde-fou. Il passa sous la voie aérienne puis, ignorant le feu rouge, s'élança de l'autre côté de la voie ferrée. Les passants le regardaient détaler, ses longs cheveux au vent, en lui jetant, tout comme à moi, des regards intrigués et envieux. Seuls au milieu de la foule, nous courions ensemble, tous les deux.

Au bout d'un moment, nous sortîmes des encombrements et parvînmes dans une ruelle arrière où plus rien ne pouvait faire obstacle à notre course effrénée. De vieux immeubles se dressaient des deux côtés de la rue étroite, serrés les uns contre les autres. Yûji se mit à courir encore plus vite. La respiration sifflante, j'avais peine à le suivre. Les muscles de mes jambes étaient mous comme du caoutchouc, je me sentais en proie à une violente nausée. Chaque fois que j'avançais de dix mètres supplémentaires, j'étais envahi par des douleurs telles qu'il me semblait que mon corps allait se désintégrer.

À ce moment-là, mon frère avait réussi à me distancer d'une trentaine de mètres environ. Et, contrairement à moi, il paraissait disposer d'une grande réserve d'énergie.

La rue s'était encore rétrécie. Le soleil y déversait ses rayons tout droit. On apercevait entre les immeubles un morceau de ciel si mince qu'on eût dit une lézarde dans un mur.

Je fus saisi d'un vertige, un blanc envahit mon esprit. Juste après, j'eus l'impression que mon corps se mettait à flotter dans l'espace ; un flot de bile remonta de mon estomac vers ma gorge ; mes jambes chancelaient. Tout en continuant de courir, je manquai plusieurs fois perdre connaissance.

J'étais sur le point de m'effondrer à n'importe quel moment maintenant. Je me rendis soudain compte que mon frère s'était arrêté, et se tenait debout face à moi.

J'avais atteint un état d'épuisement extrême, et mon regard vide avait de plus en plus de mal à distinguer le monde qui m'entourait.

Mon frère était immobile, tourné vers moi. Derrière lui, la rue se rétrécissait encore, puis finissait en impasse. Au fond se dressait un mur de béton, trop haut pour qu'on puisse sauter par-dessus.

« Aah, Yûji, c'était bien toi », laissai-je échapper dans un filet de voix inaudible.

Il était debout à dix mètres, en costume gris anthracite. Une lumière glacée émanait des deux fentes étroites de ses yeux, entre les cheveux qui pendaient en désordre.

Je m'approchai lentement, cherchant mes mots pour lui parler de la mort de nos parents, de Yasuda, de Hisami Shinoda, de la marijuana. Nous avions tant de choses à nous dire. Mais toutes mes phrases s'évanouirent, avant même que j'aie pu émettre le moindre son, comme si elles n'avaient pas plus d'intérêt que la rubrique des faits divers dans un quotidien.

« Yûji... », commençai-je d'une voix tremblante, tendant la main vers lui, d'un geste presque suppliant.

Ma langue s'embrouilla, j'étais incapable de poursuivre.

Alors, j'éclatai de rire. Je pouvais encore moins parler, tant mon corps était agité de tremblements convulsifs. Ce rire exprimait à la fois ma joie d'avoir enfin retrouvé mon frère, et le sentiment d'autodérision, qui s'amplifiait d'instant en instant, que m'inspirait mon attitude lamentable envers lui.

Je levai la tête : le visage de Yûji était tout près du mien. On pouvait penser aussi bien que nos traits se ressemblaient et qu'ils n'avaient rien de commun.

Je rassemblai mes dernières forces pour articuler une phrase :

« Tu te rappelles, Yûji ? Papa disait souvent... que comme on était liés par le sang et qu'on n'avait pas d'autre frère au monde, toi et moi, il fallait qu'on s'entende toujours bien... Tu te rappelles, dis ? »

Il ne manifesta aucun signe d'assentiment, mais ne démentit pas non plus mes paroles.

Mes souvenirs de la scène s'arrêtent là. L'instant d'après, en effet, Yûji me balançait son poing en pleine figure, et je perdis connaissance.

Je me cramponnai à ses jambes dans ma chute. Ma dernière vision fut celle de ses chaussures vernies étincelant au soleil.

21

Je repris conscience, une joue collée à l'asphalte, le regard fixé sur un éclat de verre qui avait roulé à deux mètres de moi environ. Étincelant sous les rayons du soleil, il paraissait briller de sa propre volonté. Je regardai fixement pendant un long moment ce morceau de lumière qui scintillait, et semblait prêt à s'envoler dans l'espace à tout instant.

Des élancements me parcouraient la moitié du visage, de la pommette à la tempe. Je roulai avec peine sur moi-même, pour me mettre sur le dos.

Les bras en croix, je levai les yeux vers le morceau de ciel bleu coincé entre les immeubles. Le soleil se trouvait juste au milieu, dardant directement ses rayons sur moi. Je respirai profondément plusieurs fois sous cette bienfaisante averse de lumière. L'odeur de la ville pénétra au fond de mes poumons. Un mélange d'égouts, d'ordures et d'alcool. Des effluves de moisi, de pots d'échappement et de crasse humaine. Je ne trouvai pas cette odeur désagréable, cependant. Elle m'était devenue familière.

Je fermai les yeux, ouvris grand mes narines pour la respirer plus profondément encore. Sous l'impact de la chaude lumière du soleil, une vive teinte orangée envahit l'arrière de mes paupières. Je posai les deux coudes sur l'asphalte et me redressai, attentif à la sensation de ce rouge couleur de vie sur mes rétines.

Naturellement mon frère n'était plus là. Il n'y avait qu'un chien, à une vingtaine de mètres devant moi, au bout de l'impasse. Dans la rue étroite, on ne voyait pas âme qui vive.

Yûji avait disparu à nouveau : j'étais revenu au point de départ. Pourtant, cela ne me déprimait pas le moins du monde. Au contraire, j'étais plutôt heureux de sentir ma joue cuisante du coup que m'avait porté Yûji. Ma peau enflée et endolorie, les élancements dans ma pommette, étaient à mes yeux la preuve que j'étais bel et bien vivant.

Curieusement, jusqu'alors, personne ne m'avait jamais frappé. Ni mon père, ni ma mère, ni aucun de mes professeurs...

Ce premier coup, je le recevais donc largement après avoir fait mon entrée dans la vie adulte. En outre, c'était mon propre frère qui me l'avait donné, tel un maître vénéré assénant un coup de fouet à son disciple pour lui enseigner que la douleur, c'est la vie même.

Plus le temps passait, plus la douleur devenait vive, comme une réaction vitale surgie des tréfonds de mon corps. Les pulsations du sang dans mes artères répétaient avec force : « Tu es vivant, ici et maintenant. » Sans aucun doute, lorsque mon frère s'était mutilé le doigt avec un couteau, adolescent, ou s'était livré à un « combat mortel » avec ses camarades de classe, c'était son désir de se sentir « vivant, ici et maintenant » qui se trouvait à l'origine de ses actes.

Je passai doucement la main sur la joue qu'il avait frappée, ressentant la joie la plus intense que j'aie jamais connue, en dix-neuf années de vie passées à être témoin de la vie de mon frère.

Une heure plus tard environ, je me remis en route. Je m'étais arrêté de penser, à croire que les rouages à l'intérieur de mon cerveau avaient cessé de fonctionner. Il fallait pourtant que je réfléchisse à de nombreux problèmes, mais ils étaient tous inextricablement mêlés, comme un véritable amas de toiles d'araignée.

Je passai plusieurs heures à errer au hasard dans les rues de Shibuya. Je ne cherchais rien de particulier, je ne regardais rien de particulier, je marchais, simplement.

Devant le grand magasin près de la gare, tout était déjà nettoyé : on avait enlevé le cadavre, et le flot des passants, ignorant qu'il y avait eu un suicide (ou un assassinat) le matin même à cet endroit, avait retrouvé son cours normal, aussi lent que les oscillations de l'écorce terrestre. Je me mêlai à ce flot et, parvenu à l'endroit où Yasuda était tombé, levai la tête vers les immeubles, comme si j'étais un touriste. De l'endroit où j'étais, l'angle de vue m'empêchait de voir la colonne publicitaire. Dressé droit devant moi, le mur latéral du grand magasin luisait d'une lueur sourde ; sous les rayons sanglants du soleil qui déclinait, on eût dit la lame d'une guillotine.

Je reculai de quelques pas pour regarder l'immeuble depuis le bord du trottoir. En suivant la trajectoire de la chute de Yasuda jusqu'à la chaussée, mon regard tomba sur le dessin des contours de son cadavre, nettement tracés à la craie.

Je déglutis, levai à nouveau la tête vers le sommet de l'immeuble. L'arête du toit étincelait.

À ce moment, une ombre noire, celle d'un avion dans le ciel bleu, apparut dans mon champ de vision. Elle déchira soudain le rebord de la haute muraille abrupte illuminée par les reflets du couchant. Je ne pus m'empêcher d'y superposer

198

aussitôt la vision de la silhouette de Yasuda, tombant comme un oiseau aux ailes déployés.

Mais au lieu de sombrer vers le sol comme celle du suicidé, l'ombre de la carlingue s'éleva plus haut encore dans l'immensité bleue, devint un point de plus en plus petit puis, finalement, disparut.

COLLECTION FOLIO

Impression Novoprint
à Barcelone, le 15 novembre 2005
Dépôt légal : novembre 2005
Numéro d'imprimeur : 75419
ISBN 2-07-031467-7. / Imprimé en Espagne.